Chère lectrice,

Ce mois-ci, votre collection Horizon vous propose quatre histoires pleines de tendresse et de gaieté, quatre romans à savourer avec délices, en même temps que les premiers rayons du soleil…

Dans *Tendres ennemis* (n° 2111), vous découvrirez la romance de Shane et Mariah qui, comme Roméo et Juliette, appartiennent à des familles ennemies… Un obstacle auquel ils vont se heurter très vite quand, après une nuit de passion dans les bras de Shane, Mariah s'aperçoit qu'elle est enceinte… Brandon, lui, a décidé qu'il en avait fini avec l'amour depuis la mort de la femme qu'il aimait. Mais c'était sans compter sur l'intervention de Kristy, sa fille de huit ans, qui a tout prévu pour le remarier ! (*Un amour de papa*, n° 2112). Jennifer, quant à elle, ne sait comment aborder Trace quand elle le revoit après huit ans de séparation. La seule chose dont elle est sûre, en tout cas, c'est qu'elle est toujours amoureuse de lui… (*Emouvantes retrouvailles*, n° 2113). Enfin, dans *Une charmante baby-sitter* (n° 2114), vous verrez que Max, malgré ses airs bougons, est bien content quand la jolie Carla vient l'aider à s'occuper de ses jumeaux de quatre ans !

Bonne lectur*tion*

Une charmante baby-sitter

JENNIE ADAMS

Une charmante baby-sitter

COLLECTION HORIZON

éditions **Harlequin**

Cet ouvrage a été publié en langue anglaise
sous le titre :
PARENTS OF CONVENIENCE

HARLEQUIN®

est une marque déposée du Groupe Harlequin
et Horizon" est une marque déposée d'Harlequin S.A.

Toute représentation ou reproduction, par quelque procédé que ce soit, constituerait
une contrefaçon sanctionnée par les articles 425 et suivants du Code pénal.
© 2005, Jennifer Ann Ryan. © 2007, Traduction française : Harlequin S.A.
83-85, boulevard Vincent-Auriol, 75013 PARIS — Tél. : 01 42 16 63 63
Service Lectrices — Tél. : 01 45 82 47 47
ISBN 978-2-2801-4531-2 — ISSN 0993-4456

1.

— Enfin me voilà ! Nounou à la rescousse, à votre service messieurs !

Le cœur de Carla fondit à la vue des deux petits garçons. Les fils de Max Saunders étaient splendides et ils semblaient déborder de vitalité. Peut-être un peu trop, d'ailleurs ! L'un d'eux hurlait à pleins poumons, les mains collées avec application sur les oreilles, tandis que l'autre soulevait un petit tabouret au-dessus de sa tête pour l'abattre de toutes ses forces sur le parquet, avec la ferme intention de le mettre hors d'usage.

Aucun doute, leur pauvre père avait besoin d'un sérieux coup de main ! Tournant le dos à l'entrée de la chambre, il essayait désespérément de calmer l'ardeur de sa progéniture. Le volume sonore qui régnait dans la pièce avait couvert la voix de Carla. Il ne l'avait même pas entendue.

Pressée de signaler sa présence, elle enjamba une

boîte de céréales éventrée pour tenter de se frayer un chemin entre les petites voitures et innombrables jouets qui jonchaient le sol. Le désordre ne l'effrayait pas. Elle le trouvait plutôt sympathique. Malgré l'absence de leur mère, ces enfants jouissaient d'un foyer chaleureux, ce que la vie s'acharnait à lui refuser. Ses yeux s'embuèrent de larmes qu'elle s'empressa de refouler.

Carla était une jeune femme énergique, dotée de solides principes. Jamais elle ne s'apitoyait sur son sort. Jamais elle ne se berçait d'illusions ni ne caressait de vains espoirs. La naïveté était aux antipodes de son caractère. Elle savait qu'aucun homme ne sacrifierait pour elle son désir de fonder une famille. La nature l'avait rendue stérile. C'était ainsi. Depuis toujours, le destin refusait de lui sourire. Rejetée par des parents indignes, elle avait appris très jeune à ne rien attendre des autres. Elle était depuis longtemps indépendante et fière de l'être. Ces derniers mois, elle avait travaillé comme aide-puéricultrice dans des jardins d'enfants. Peu désireuse de se fixer, elle passait d'un poste à l'autre en prenant garde de ne pas s'attacher aux enfants dont elle adorait s'occuper.

Aujourd'hui, elle revenait à Mountain Gem pour accomplir une mission un peu particulière. Le défi lui plaisait. Se montrerait-elle à la hauteur de la tâche ?

8

Adolescente, elle fréquentait assidûment la maison des Saunders. A l'époque, l'accueil y manquait un peu de chaleur, mais on tolérait sa présence car elle était l'amie de Katherine, la sœur cadette de Max. Aux yeux des parents, elle passait pour une excentrique, image qu'elle cultivait avec soin pour garder ses distances.

— Salut Max ! cria-t-elle d'une voix forte. J'ai frappé plusieurs fois, mais comme personne ne répondait, je me suis permis d'entrer !

Quand il se retourna, ses grands yeux gris la toisèrent avec la froideur qu'elle leur connaissait bien. Elle ne perdit rien de son aplomb.

— Eh bien, on dirait que les petits Saunders ont décidé de faire vibrer toute la vallée de Blue Mountains ! Ces deux garnements font un bruit impressionnant !

Gagné ! Les garçons se turent instantanément. Cependant, leur père continuait à la dévisager sans mot dire.

— Je me suis dépêchée pour arriver au plus vite. Tu dois être soulagé de me voir enfin.

« Quel accueil ! » songeait-elle. Elle ne débarquait pas à l'improviste. C'était lui qui avait insisté pour la faire venir. Par l'intermédiaire de Katherine, certes, mais tout de même… Sans doute, trouvait-il

9

difficile d'admettre qu'il avait besoin de son aide !
Il avait toujours montré un orgueil démesuré. De
toute manière, Carla s'en moquait. Elle venait pour
s'occuper des enfants, pas du père.

Comme il la fixait toujours de son air incrédule,
elle fit un tour sur elle-même pour lui prouver
qu'elle était bien réelle et s'inclina en une gracieuse
révérence.

— Tu ne rêves pas, Carla Gilbert, en chair et en
os ! Vu les circonstances, je m'attendais à un accueil
plus chaleureux !

Katherine l'avait appelée à la rescousse pour aider son
frère à ne pas sombrer dans le chaos. Le connaissant,
elle ne s'attendait pas à des effusions excessives. Mais
de là à lui renvoyer pareille hostilité !

— C'est que… tu ne tombes pas très bien, soupira-t-il
en passant une main dans ses cheveux ébouriffés.

Son air peu amène et sa tenue désordonnée
n'ôtaient rien au charme de Max. Carla était en train
de songer que les années l'avaient rendu encore plus
séduisant lorsque les cris des enfants l'arrachèrent
à ses pensées. Après un bref répit, le vacarme avait
repris de plus belle.

— Le goûter a été difficile, on dirait ! fit-elle en
désignant une tache brune sur la chemise de Max.

— Quelques problèmes avec le chocolat, je dois bien l'admettre…

Il cligna des yeux et soupira bruyamment.

— Si tu es venue voir Kathy, tu vas être déçue. Elle n'est pas ici.

— Oui, je suis au courant.

La jeune femme plissa légèrement le front. Pourquoi agissait-il comme s'il ne l'attendait pas ? Les enfants ayant soudainement décidé de s'entretuer, il en attrapa un par le col et l'autre par la ceinture de son pantalon.

— Comme tu peux le voir, je suis très occupé. Je n'ai pas vraiment le temps de bavarder.

— Comment ça, bavarder ?

La situation devenait grotesque. Elle savait parfaitement que Kathy était en déplacement, bloquée dans le Montana à cause de la neige. Une idée lui traversa soudain l'esprit.

— Ta sœur ne t'a pas dit que c'était moi, c'est ça ?

C'était la seule explication possible. Comme il ne répondait pas, elle s'expliqua plus clairement.

— Katherine ne t'a pas dit que c'était moi la nounou que tu attendais ?

Cette fois, le visage de Max blêmit d'un seul coup. Il secoua la tête de gauche à droite.

— J'aurais dû m'en douter. C'est un complot ! Vous avez tout manigancé derrière mon dos...

Un complot ! Quelle arrogance !

— J'ai simplement répondu à un appel au secours, répliqua Carla en articulant lentement pour conserver son calme. Ce n'est pas tout à fait la même chose.

Max avait eu le temps de recouvrer ses esprits.

— Premièrement, je n'ai jamais mendié l'aide de personne. Et deuxièmement, si je l'avais fait, ce n'est certainement pas toi que j'aurais choisie !

Carla inspira une longue bouffée d'air pour se préparer à la contre-attaque.

— Je suis désolée, mais Kathy m'a dit que...

— Peu importe ce qu'elle t'a dit, coupa-t-il. D'ailleurs, je le devine facilement. Et crois-moi, elle ne perd rien pour attendre !

Max ne l'impressionnait pas. Certes, il était de treize ans son aîné. Mais si jadis son âge lui avait conféré un certain ascendant sur les jeunes amies de sa sœur, elle avait grandi depuis cette époque et appris à ne pas se laisser marcher sur les pieds. Elle traversa la pièce d'un pas nonchalant et s'installa tranquillement sur le canapé, bien décidée à ne pas abandonner la partie. Elle était aujourd'hui une jeune femme accomplie de vingt-deux ans, diplômée et expérimentée. Par ailleurs, elle aimait profondément ces montagnes et cette propriété qui appartenait aux Saunders depuis des générations. Elle avait la ferme intention de s'y installer pour quelques mois.

— Comment vont les affaires en ce moment ?

Le brusque changement de ton et de sujet désarçonna quelque peu le maître des lieux. Il avait récemment signé un contrat d'exclusivité avec la Danvers Corporation, ce qui lui permettait de vendre les bijoux originaux de sa firme dans toute l'Australie. Carla le savait car son amie Katherine la tenait informée des moindres faits et gestes de son frère. Elle n'ignorait pas non plus que Max avait brièvement fréquenté la fille de Cameron Danvers, une certaine Felicity.

— Je ne vois pas en quoi cela t'intéresse, répondit-il après un temps. Mais s'il n'y a que cela pour te faire plaisir, je veux bien demander à mon équipe de te faire un rapport complet sur la situation financière de l'entreprise. De quelle zone veux-tu connaître les bénéfices ? La Grèce, la France ou peut-être l'Allemagne ?

— A dire vrai, Max, je me moque de tes affaires.

— Je m'en doutais un peu.

— Il y a dans la vie des choses bien plus importantes.

Il soupira d'un air exaspéré.

— Carla, où veux-tu en venir exactement ?

Elle porta un regard attendri et préoccupé sur les garçons qui couraient dans la pièce comme des lions en cage et renversaient tout sur leur passage.

— Regarde-les ! Ils ont vraiment besoin d'attention. La méthode utilisée par ta sœur est sans doute contestable, mais elle a eu raison de faire appel à une personne qualifiée.

Il ne put réprimer un éclat de rire.

— Toi, une personne qualifiée ? Tu veux plaisanter !

Carla ne correspondait guère à l'image qu'il se faisait d'une parfaite nounou. Son tempérament explosif et original ne lui paraissait pas du tout adapté à la fonction qu'elle entendait remplir auprès de ses enfants. Elle devina aisément le fond de sa pensée, mais ne se laissa pas démonter pour autant.

— On dirait que tu n'as pas dormi depuis des semaines. Des cheveux ébouriffés, une barbe de trois jours. Un tel laisser-aller ne te ressemble pas ! Et je ne parle pas de l'état de ta chemise. Que tu le veuilles ou non, tu as absolument besoin de mon aide !

— Je vois que tu n'as rien perdu de ta spontanéité et que tu exprimes toujours avec autant de délicatesse le fond de ta pensée.

Carla rougit imperceptiblement. Sans doute avait-elle un peu dépassé les bornes ! Oser émettre des critiques sur l'apparence physique du beau Max revenait à commettre un crime de lèse-majesté.

— J'ai toujours été franche et directe, concéda-t-elle. C'est pourquoi, je te le redis, tu as besoin de moi pour te sortir de cette situation.

— Ce dont j'ai besoin, rétorqua Max au comble de l'agacement, c'est d'une personne douce, expérimentée et suffisamment psychologue pour aider mes garçons à s'accoutumer à leur nouvelle vie. Ils doivent prendre ici de nouvelles habitudes. Et le plus vite sera le mieux.

— Pour que tout rentre bien dans l'ordre et que tu puisses reprendre ta petite existence tranquille de célibataire, comme si de rien n'était ? Si c'est ainsi que tu envisages l'avenir, j'ai bien peur que tu sois déçu. Deux enfants, ce n'est pas aussi simple que tu sembles le croire !

Comme il ne réagissait pas à cette nouvelle pique, elle profita de son avantage.

— Tu sembles l'ignorer, mais je suis une professionnelle compétente. Je peux te montrer mes références. J'ai travaillé dans de nombreuses structures pour les enfants, et chacune d'elles…

— Trois puéricultrices confirmées m'ont donné

leur démission en l'espace de quelques semaines. Tu ne tiendrais pas plus de trois jours.

Il semblait ne pas l'avoir écoutée et refusait d'admettre qu'il s'adressait à une personne de métier.

— Les jumeaux ne sont pas faciles. Ils demandent une attention de chaque instant.

— Tu voudrais que je parte avant même d'avoir essayé ?

Au lieu de répondre, il examina avec dégoût les taches de chocolat qui maculaient ses vêtements. Agissant comme s'il était seul dans la pièce, il ôta sa chemise et la serra en boule dans sa main droite. Puis il releva les yeux. L'expression de son regard était ferme et décidée.

— Je suis content que tu te rendes à la raison. L'affaire est réglée. Je te raccompagne.

Joignant le geste à la parole, il traversa la pièce d'un pas décidé. Carla resta un instant sans voix. Ainsi, il avait vraiment l'intention de la mettre à la porte ! Quel toupet ! Croyait-il l'intimider en exposant à sa vue son torse musclé ? Elle s'efforça de rassembler ses esprits.

— Tu ne te débarrasseras pas de moi aussi facilement, Max ! Je refuse de partir. D'ailleurs, j'ai une faim de loup !

La déclaration pour le moins inattendue arrêta le jeune homme dans son élan et, comme s'ils avaient compris l'étrangeté de la situation, les garçons cessèrent soudain leur raffut pour tendre l'oreille. Sans vergogne, Carla contourna la silhouette imposante de leur père pour gagner la cuisine. Le spectacle qui s'imposa à sa vue lui arracha un cri d'horreur. Ignorant le désordre et la saleté, elle commença une inspection minutieuse du contenu du réfrigérateur pour en retirer les quelques denrées qui lui paraissaient encore consommables. Son estomac criait famine et elle se réjouissait d'avance à l'idée d'avaler un bon sandwich.

— Je n'ai jamais eu aussi faim de ma vie ! soupirat-elle à voix haute.

Les jumeaux s'étaient faufilés sans bruit dans la pièce. Etonnamment silencieux, ils observaient d'un air ahuri l'énorme quantité de nourriture que la jeune femme amoncelait entre ses deux tranches de pain. Carla espérait secrètement trouver dans le garde-manger davantage de provisions que dans le réfrigérateur. Il fallait bien nourrir les enfants avant de les coucher pour la nuit ! Ils la dévisageaient avec curiosité de leurs grands yeux bleu pâle. Elle songea qu'ils en avaient hérité de leur mère.

— Miam ! s'écria-t-elle avant de croquer à pleines dents dans sa préparation.

Elle avala une première bouchée et leur adressa un clin d'œil complice.

— Voilà bien deux cents ans que je n'avais pas avalé un sandwich de dinosaure ! Et maintenant, un peu de lait pour faire descendre tout ça !

Tout en parlant, elle s'empara du dernier verre qui restait dans le buffet et en avala le contenu avec une grimace de plaisir exagérée.

— Parfait ! Je me sens déjà beaucoup mieux ! Vous savez, les enfants, tout le monde n'est pas capable d'ingurgiter de telles quantités à la fois. J'appartiens à la tribu des monstres gourmands !

Elle jeta un regard en direction de Max qui restait figé sur le seuil de la pièce et réprima un éclat de rire face à son air outragé. Son petit numéro improvisé visant à séduire les jumeaux ne semblait pas vraiment lui plaire.

— Merci pour le repas, Max ! lui lança-t-elle, son verre de lait à la main. Vous ne m'en voulez pas, n'est-ce pas ? J'étais tellement affamée !

Elle priait en silence pour que le volcan qui sommeillait en lui n'explosât pas tout de suite. Les garçons semblaient sur le point de succomber à son charme. Il eut été dommage de tout gâcher. Elle espérait aussi qu'il ne tarderait pas à monter dans sa chambre pour enfiler une nouvelle chemise. La vue de son torse nu la troublait plus qu'elle ne l'aurait souhaité.

lgnorait ainsi qu'une racine qui plait encore dans sa
à fouiller pour enfin humer par le chignon, lui voir
ce sure sere mais trouble, plus qu'elle ne l'aurait
cru...

2.

— Tu te crois réellement capable de veiller sur
mes garçons ? lança Max à l'intruse qui occupait
sa cuisine.

En prononçant ces mots, il fut saisi par un désir
soudain de la prendre dans ses bras. Curieuse sensation, alors qu'il avait déployé des efforts presque
surhumains pour ne pas l'étrangler quelques minutes
auparavant ! Depuis qu'il connaissait Carla, il avait
souvent réprimé des envies d'homicides à son égard.
Ce besoin si soudain et si puissant de prendre possession de ses lèvres était absolument inédit.

Il se sermonna avec violence et, comme pour
mieux se convaincre de réfréner ses ardeurs, il se
concentra sur l'excentricité de son apparence. Sa
coiffure présentait un tourbillon de mèches colo-
rées en un savant dégradé de châtain et de blond
vénitien. Au sommet de son crâne trônait un ruban
rose fluorescent, imprimé de grands yeux noirs, une

paire dirigée vers l'avant, une autre vers l'arrière. Même le dos tourné, elle donnait l'impression de dévisager l'assistance.

— Tu ne me fais pas confiance, n'est-ce pas ? fit-elle en reposant son verre dans l'évier où plusieurs jours de vaisselle semblaient accumulés.

Son menton gracieux était relevé en signe de défi.

— Très franchement, non.

Calmement, il poursuivit son inspection. Un curieux assemblage de tissus et de couleurs composait sa tenue vestimentaire. Comme si le vert pomme de son imperméable n'était pas suffisamment agressif, elle lui avait associé un chemisier d'un rose aussi flamboyant que l'attache de ses cheveux. L'ensemble produisait sur les enfants une vive impression. Ils ne la lâchaient pas des yeux, ce qui avait pour effet d'agacer leur père un peu plus.

— J'ai besoin d'une personne sérieuse, marmonna-t-il. Certainement pas d'une créature farfelue qui les terrorise avec des histoires de monstres dévoreurs de sandwichs ! Je te parie que cette nuit ils feront des cauchemars effroyables à cause de toi !

Carla secoua tristement la tête. Max était un homme d'affaires très brillant mais apparemment un père déplorable. Plus tôt il trouverait une structure adaptée pour accueillir ses enfants durant la journée, mieux la famille se porterait. Sans s'émouvoir davantage, elle rouvrit le réfrigérateur pour y trouver un dessert. Rien ne valait une petite gourmandise pour se redonner du courage ! Médusé par son sans-gêne, il la regarda dévorer coup sur coup deux flans au caramel. Et soudain, il fut pris de remords. Carla avait beaucoup minci depuis leur dernière rencontre. Mangeait-elle à sa faim ? Dans quelle situation financière se trouvait-elle réellement ?

Cette pensée le rendit furieux de nouveau. Chaque fois que Katherine lui avait fait part des difficultés de son amie, il avait proposé de l'aider. Elle lui avait toujours opposé un refus catégorique. Elle était orgueilleuse et mettait toujours un point d'honneur à tirer seule son épingle du jeu.

— Ma sœur a vraiment des idées saugrenues ! Te faire venir ici pour les jumeaux ! Je me demande bien ce qui lui est passé par la tête.

Carla ne savait plus qu'inventer pour le convaincre. Comme s'ils devinaient son embarras, les enfants se mêlèrent soudain à la conversation.

— Moi, j'ai pas peur des monstres ! fanfaronna Jake.

— Et moi non plus ! renchérit Josh.

Les mains pleines de chips émiettées et le menton huileux, ils s'étaient frayés un chemin jusqu'à elle.

— Moi, je les mange les sandwichs monstrueux ! affirma encore le premier en gonflant le torse.

— Et moi aussi ! fit le deuxième en écho.

Certes, elle avait réussi à charmer les jumeaux. Mais Max trouvait ses méthodes bien peu orthodoxes. Il devait se débarrasser d'elle au plus vite.

— Il faut que je te parle en privé, déclara-t-il avec l'autorité d'un patron s'adressant à un subalterne.

Il en fallait davantage pour impressionner la jeune femme.

— Le moment est vraiment mal choisi, Max. Il faut faire attention avec les sandwichs monstrueux. Vois-tu, après une certaine heure, ils sautent de leur assiette et mordent tout ce qu'ils trouvent sur leur passage. Mieux vaut les consommer avant la nuit tombée !

— Carla, j'en ai plus qu'assez de ces enfantillages ! J'exige de te…

De joyeux éclats de rire l'empêchèrent de poursuivre et il fut sidéré de voir rayonner de bonheur le visage de ses garçons. Jamais il n'était parvenu à les amuser de la sorte. Ils pleuraient trop souvent depuis leur installation à la ferme. Max ne savait sans doute pas s'y prendre avec eux. Mais comment

faire avec des enfants que l'on connaissait à peine ?
Ses épaules s'affaissèrent soudain. L'avenir de ces
deux petits êtres ne dépendait maintenant que de
lui. Saurait-il assumer pareille responsabilité ? Il
pouvait leur apporter un confort matériel sans limites.
Mais trouveraient-ils auprès de lui l'affection dont
ils avaient tant besoin pour grandir ?

— Moi je veux un sandwich !

— Et moi aussi !

— Avec du lait !

— Et moi aussi !

Il n'en fallut pas plus à Carla pour se remettre en
mouvement. Avec une rare efficacité, elle débarrassa
un coin de table et prépara le dîner des enfants.
Puis, tout en surveillant le déroulement du repas,
elle remit la pièce en ordre et chargea le lave-vais-
selle. Paralysé sur le seuil, Max observait la scène
en silence. Sagement installés sur leur siège, Jake et
Josh dévoraient leur sandwich tout en regardant avec
beaucoup d'intérêt les faits et gestes de la nouvelle
venue. Pour une fois, ils ne pleurnichaient pas devant
leur assiette. Pour une fois, ils mangeaient sans se
chamailler.

Le dessert promptement avalé, ils descendirent de
table. Comme une parfaite mère de famille, Carla

les souleva énergiquement l'un après l'autre et en plaça un sur chacune de ses hanches.

— Et maintenant, en route vers la salle de bains !

Loin de rechigner à la perspective du coucher, les garçons se laissèrent transporter avec ravissement.

— Max, vous voulez bien nous apporter des pyjamas propres ? lança-t-elle en se dirigeant vers l'escalier.

On eut dit qu'il s'agissait d'un rituel établi depuis des mois. Impressionné malgré lui par tant de savoir-faire, le jeune homme s'exécuta. Quand il les rejoignit à l'étage, la toilette et le brossage de dents étaient déjà terminés. Les bambins enfilèrent docilement leur pyjama et allèrent se coucher sans l'ombre d'une protestation.

— Je dormirai dans la chambre voisine de la vôtre, déclara Clara pour les rassurer. Si vous faites un cauchemar ou si un Martien frappe à votre fenêtre en plein milieu de la nuit, venez vite me rejoindre dans mon lit ! C'est le plus confortable de la maison ! Je le sais car j'y ai dormi des dizaines de fois. Bonne nuit, me trésors !

Elle déposa un baiser sonore sur leurs joues rondes et fermes et éteignit les lumières. Comme elle reculait en fermant doucement la porte, elle se retrouva dans les bras de Max. Cette soudaine proximité les mit tous deux mal à l'aise.

— Je te le donne en mille ! fit-il en s'écartant. Dans moins d'une minute, ils hurleront comme des diables.

Ils attendirent sans bouger, mais aucun bruit ne sortit de la pièce. Décidément, Carla faisait des miracles ! Max ne savait plus s'il devait lui exprimer sa reconnaissance ou la renvoyer sans plus d'égards. La situation lui offrit un compromis qui, tout en lui permettant de rester poli, ne l'engageait en rien pour l'avenir.

— Maintenant qu'ils sont couchés, je ne peux pas les laisser seuls pour te raccompagner en ville. Impossible de faire appel au jardinier pour nous rendre ce service, il a pris sa soirée. Tu devras donc attendre demain pour partir.

Le message était clair. Il n'avait aucunement l'intention de l'engager.

— Alors, à demain, Max ! Et surtout, ne me remercie pas !

Elle fit un pas en direction de la chambre où Katherine l'installait à chacune de ses visites.

— La nuit porte conseil, ajouta-t-elle en se retournant. Ma présence à Mountain Gem est une chance

26

pour toi. Tu auras sûrement changé d'avis demain matin.

— A ta place, je n'y compterais pas.

Sans paraître l'entendre, elle referma tranquillement sa porte derrière elle, le laissant fulminer de rage tout seul dans le couloir.

La vitre se brisa sans trop de fracas. De tous les accrochages qu'elle avait provoqués jusqu'à présent, celui-là lui parut plutôt bénin, jusqu'au moment où elle se retourna pour constater l'étendue des dégâts.

— Flûte alors ! Me voilà dans de beaux draps !

La main posée sur la poignée de l'énorme 4x4, elle se préparait à sortir quand ses deux petits passagers prirent un malin plaisir à lui rappeler leur présence.

— Flûte, flûte, flûte ! répéta Josh avec malice.

— T'as tout cassé ! observa judicieusement son frère.

Se dégageant de son siège, il colla le nez sur la lunette arrière et considéra la véranda d'un air catastrophé.

— Max va pas et' content ! J'te promets qu'y va même devenir tout rouge !

Carla se mordillait nerveusement la joue.

— Jake, je t'ai déjà expliqué que Max était ton

père. Tu ne dois pas l'appeler par son prénom. Tu dois dire « papa ». Et je ne vois pas pourquoi il se mettrait en colère. Je ne l'ai pas fait exprès !

Le petit garçon avait certainement raison. Mais comment pouvait-elle admettre ses torts quand elle avait déployé tant d'efforts depuis son réveil ? Après avoir levé et habillé les garçons, elle les avait emmenés en balade pour offrir à Max une grasse matinée. N'était-ce pas une intention des plus louables ? Sur le chemin du retour, elle s'était arrêtée au supermarché pour faire le plein de provisions. Et voilà que par malchance, en reculant un peu trop vite, elle avait heurté le coin de la véranda ! Furieuse contre elle-même et tout autant contre le reste de l'humanité, elle abattit un poing rageur sur le tableau de bord.

— Ce n'est tout de même pas ma faute si toutes les réserves de cette maison étaient épuisées ! Pas un seul paquet de céréales pour le petit déjeuner, pas un fruit, rien ! Il fallait bien que quelqu'un se charge des courses !

Elle essaya de chasser le sentiment de culpabilité mêlé d'appréhension qui la gagnait peu à peu et, bientôt, son tempérament énergique reprit le dessus. Elle décida d'aller rapporter l'incident à Max avant qu'il ne le découvrît par lui-même.

— Les enfants, écoutez-moi ! Vous ne bougez pas d'ici avant mon retour. C'est bien clair ?

Sur ces mots, elle sortit du véhicule et inspira une grande bouffée d'air frais. Un jeune homme travaillait dans une cabane à quelques mètres de là. Il ne semblait rien avoir remarqué. Sans doute s'agissait-il du nouveau jardinier. Dieu merci, il n'avait pas été témoin de ses exploits ! Qui d'autre qu'elle aurait imaginé franchir en marche arrière les marches du perron sans provoquer de dégâts ?

— Oh, et puis ce n'est pas si grave après tout !

Alors qu'elle se dirigeait vers l'entrée principale d'un pas déterminé, Max fit son apparition sur le seuil. Ses vêtements froissés et son col de chemise déboutonné laissaient deviner un habillage précipité. Quant à son regard noir, il n'augurait rien de bon.

— Si je m'attendais un jour à trouver ma voiture encastrée dans la véranda ! C'est un spectacle assez cocasse. Mais qui donc a pu faire une chose pareille ?

Il s'interrompit brièvement et se frappa le front avec la paume de la main.

— J'avais oublié ! Cette chère Carla est parmi nous. Et soudain, tout s'explique !

Le ton acide dissuada aussitôt la jeune femme

de lui présenter des excuses. Elle se détourna avec mépris.

— A peine arrivée et déjà en pleine action ! renchérit-il sans merci. Evidemment, j'aurais dû m'attendre à ce genre d'exploit de ta part.

— Et moi, j'aurais dû m'attendre à ta réaction, rétorqua-t-elle. Tu es tellement… prévisible !

— Ce qui était prévisible, c'est l'état dans lequel tu as mis la porte de ma véranda ! gronda Max en montrant du doigt la vitre dont les morceaux jonchaient le sol. Regarde un peu ce que tu as fait ! Quand on ne sait pas conduire, on n'emprunte pas la voiture des autres !

Il était hors de lui.

— Dois-je te rappeler que c'est toi qui m'as appris à conduire ?

— Inutile, je m'en souviens très bien. Et si j'ai mis ma vie en danger pour te donner des leçons, c'est uniquement pour satisfaire un des innombrables caprices de ma sœur. Mais n'essaye pas de détourner la conversation ! Pourquoi donc as-tu sorti le 4x4 ?

— Pour te rendre service, répondit-elle avec aplomb.

— C'est réussi. Une baie endommagée et un phare arrière à remplacer ! Très franchement, Carla, je me passe de ce genre de services !

Elle soupira d'un air désabusé.

— Tu ne changeras jamais. Toujours à voir le mauvais côté des choses ! Sache que si j'ai osé emprunter ton précieux véhicule, c'est pour t'épargner la corvée des courses. Ton garde-manger était vide. Tes enfants n'avaient plus rien à manger ce matin.

— C'est ma faute, peut-être ? Qui donc a englouti les dernières réserves pour son dîner ?

Elle tapa du pied.

— Quelle mauvaise foi ! Quand je pense au mal que je me suis donné pour te laisser dormir !

— Je ne t'avais rien demandé.

Il la dévisagea de la tête aux pieds et son regard s'arrêta sur le chemisier orange noué au-dessus de sa taille.

— Pourquoi n'es-tu pas restée tranquillement dans la maison au lieu d'aller montrer ton nombril à tout le voisinage ?

Cette fois, elle éclata de rire.

— Pour qui te prends-tu ? Mon père ? Qu'est-ce que tu peux être vieux jeu !

— Tu m'exaspères, c'est tout. J'espère toujours te voir grandir et tu persistes à te conduire comme une gamine.

Venant de Max, ce genre d'accusations n'avait aucun effet sur elle. Un peu lasse tout de même, elle tenta de mettre un terme à leur affrontement stupide et parfaitement stérile.

— L'incident est clos. Je te rembourserai tous les frais de réparation.

— Le problème n'est pas là et tu le sais très bien.

— J'insiste. La gamine que je suis assume toujours les conséquences de ses actes. Je suis une personne responsable.

— Ah oui ? s'étonna-t-il. Au fait, comment es-tu venue jusqu'ici, hier soir ?

Carla leva les yeux au ciel. Elle savait trop bien où il voulait en venir. Pourtant, elle n'essaya pas de mentir.

— En auto-stop, comme d'habitude !

— Je l'aurais parié. Responsable, mais pas très raisonnable ! Un jour tu tomberas sur un maniaque et…

— Quel rabat-joie et quel donneur de leçons ! coupa-t-elle, excédée. Comme si ta vie était un modèle de sagesse et de bonne conduite ! Dis-moi un peu, ces deux enfants, te rappelles-tu seulement le visage de leur mère ? Dans la liste interminable de tes conquêtes, à quel rang la places-tu ?

L'attaque était inattendue. Max crispa les

mâchoires. Cette femme avait le don de le prendre au dépourvu.

— Je ne vois pas en quoi cela te regarde.

— Je ne me serais jamais mêlée de cette histoire si ta sœur ne m'avait pas sollicitée pour te venir en aide.

Affolée, Katherine lui avait longuement décrit la situation effroyable dans laquelle la découverte soudaine de sa paternité avait plongé son frère.

— Depuis que je te connais, tu as toujours refusé de t'engager dans une relation amoureuse en fuyant toutes les femmes qui exigeaient de toi un peu plus qu'une aventure sans lendemain. Il n'est donc pas étonnant que la mère de tes jumeaux ait préféré te taire leur existence. J'ai été surprise en revanche d'apprendre que tu acceptais de les prendre sous ta responsabilité. C'est une décision généreuse mais...

Elle le fixa avec gravité.

— Es-tu vraiment certain de vouloir les garder avec toi, Max ? As-tu bien mesuré l'ampleur d'une telle responsabilité ? A voir la manière dont tu te comportes avec eux, je ne suis pas sûre que...

La tristesse qui assombrit un instant le visage de son interlocuteur la dissuada de poursuivre. Le sujet était apparemment très sensible. Elle regretta sa franchise. Très vite pourtant, l'abattement de Max céda le pas à la colère. Il attrapa son avant-bras et le serra avec force.

— Carla, encore une fois, ma vie privée ne te regarde pas. Si tu persistes à te mêler de mes affaires, je finirai par perdre mon calme !

— C'est une menace ?

Elle se débattit pour l'obliger à relâcher son étreinte.

— Tu ne me fais pas peur, Max.

Elle avait hâte elle aussi d'en finir avec ce tête-à-tête, mais désirait par-dessus tout lui faire admettre la vérité.

— Ton sens du devoir t'a poussé à prendre les jumeaux sous ton aile. C'est tout à fait à ton honneur. Mais le fardeau est bien trop lourd et tu cherches à l'alléger en les confiant à une tierce personne. Tu brûles de te réfugier de nouveau dans le travail, comme si rien d'autre n'avait d'importance.

Pour mettre en relief ses dernières paroles, elle s'interrompit un instant.

— Ce qui était possible hier ne l'est plus aujourd'hui, Max. Que tu le veuilles ou non, l'arrivée de ces deux enfants va bouleverser ton existence. Tu ne pourras pas les ranger dans un coin et reprendre comme si de rien n'était ta petite vie de célibataire.

34

Après un long silence, il la fixa d'un regard dur et inflexible.

— Les décisions que je prends pour le bien-être de mes fils n'appartiennent qu'à moi. Pour une fois, tu ferais mieux de garder tes réflexions pour toi.

Sa voix était glaciale.

— Le sujet est clos. J'espère que je me suis bien fait comprendre.

Une fois encore, elle regretta son franc-parler. Apprendrait-elle un jour à se taire ?

— Max, dit-elle en lui tendant une main amicale.

Il ignora son geste et tourna résolument le regard en direction de sa voiture.

— Maintenant, si tu en as fini avec ton petit sermon, tu peux peut-être libérer les jumeaux ?

— Et toi ? Qu'as-tu prévu de faire aujourd'hui ?

— Je vais me consacrer à la recherche d'une vraie baby-sitter. Le temps presse.

La flèche atteignit Carla en plein cœur, mais elle parvint à conserver un visage impassible. Pour quelle raison obscure s'acharnait-elle à s'imposer dans une maison si hostile à sa présence ? Il eut été plus raisonnable de partir avant de s'attacher pour de bon aux deux garçons. Mais les enfants n'étaient pas seuls en cause. En vérité, plus le temps s'écoulait et moins elle avait envie de s'éloigner de leur père.

— Fais comme tu voudras, Max ! répondit-elle d'un ton faussement indifférent. Je ne vais pas t'empêcher d'agir à ta guise. Tout ce qui compte pour moi, c'est de laisser tes fils en bonnes mains. Avant de partir, je tiens à m'assurer…

— Décidément, nous ne parlons pas la même langue ! L'avenir de mes fils ne te concerne pas. Pour la dernière fois, Carla, reste en dehors de cette histoire !

Il avait raison, bien sûr. Elle n'était rien pour ces enfants. Une inconnue de passage, tout au plus. Pourtant, elle refusa de s'avouer vaincue.

— Tu peux bien dire et répéter tout ce que tu voudras ! Ta sœur m'a suppliée de venir. Je suis venue et je ne partirai pas avant d'avoir organisé correctement la garde de tes enfants.

Max était proche de l'épuisement. De guerre lasse, il préféra tourner les talons et se réfugier dans son bureau.

3.

— Après tout, je m'en moque ! Il peut bien dénicher la nounou de ses rêves et m'envoyer promener, cela m'est parfaitement égal !

Carla jeta son drap de bain humide dans la corbeille en osier, enfila sa chemise de nuit et sortit de la salle de bains. Max avait été absent toute la journée. Après leur dispute, il s'était enfermé un moment dans son bureau, puis il était sorti sans lui accorder le moindre regard. A la nuit tombée, il n'était toujours pas rentré. Elle fit une halte dans la chambre des garçons. Le spectacle des deux enfants dormant à poings fermés était attendrissant. Elle leur sourit avec regret. Elle aurait tant aimé rester auprès d'eux, les voir grandir et leur prodiguer toutes les attentions dont ils avaient besoin ! La séparation serait douloureuse, elle le savait. Mais puisque leur père refusait ses services, elle devrait se résoudre à quitter Mountain Gem.

— Je m'en remettrai ! fit-elle en s'éloignant résolument des deux petits lits.

Bien sûr, elle se mentait à elle-même. Et elle avait beau s'efforcer d'accepter la décision de Max, elle jugeait son attitude terriblement injuste et désinvolte.

— Quel culot, tout de même ! Prétendre à la fois que je suis incapable de veiller correctement sur ses fils, et me les abandonner ainsi toute la journée, sans même me demander mon avis !

Elle dirigea ses pas vers la cuisine, dans l'intention de se préparer un bol de lait chaud avant de monter dans sa chambre. Après une nuit bien méritée, elle bouclerait sa valise, quitterait cet endroit maudit et aurait tôt fait d'oublier cet épisode douloureux. Son passage à Mountain Gem ne serait plus qu'un mauvais souvenir.

A sa grande surprise, elle trouva la pièce allumée. Confortablement installé, Max achevait le repas qu'elle lui avait préparé. Sans doute était-il revenu quand elle couchait les enfants. Elle s'arrêta dans l'encadrement de la porte, les pieds nus sur le carrelage. La nuit était fraîche. Elle réprima un frisson.

— Tu es seul ? s'étonna-t-elle. Tu n'as pas ramené la nouvelle baby-sitter avec toi ?

Il leva lentement les yeux de son assiette.

— Merci pour le repas, Carla. Je ne connaissais pas tes talents de cuisinière.

— Tu ignores beaucoup de choses à mon sujet. Je suis une maîtresse de maison tout à fait honorable quand je m'en donne la peine.

Elle pénétra dans la pièce et remarqua les sacs de provisions amoncelés près du garde-manger. Au moins avait-il utilisé son temps à quelque chose d'utile !

— Tu n'as pas répondu à ma question, reprit Carla. As-tu trouvé la perle rare ?

Il repoussa son assiette sur le côté et l'invita à s'asseoir. Cette marque de courtoisie inattendue éveilla sa méfiance. De toute évidence, il avait l'intention de lui signifier son renvoi. Elle s'exécuta à contrecœur et, peu désireuse de se faire chasser comme un vulgaire parasite, elle préféra prendre les devants.

— Je partirai dès que tu le voudras, Max. J'étais seulement venue t'aider car j'avais appris que tu traversais un moment difficile.

— Difficile, le mot est faible ! admit-il en toute humilité.

Sa franchise lui valut un sourire amical de la part de la jeune femme.

— Jake et Josh se sont bien amusés aujourd'hui. Je pense qu'ils ont passé une bonne journée.

— J'en suis sûr. Et en plus, on dirait qu'une tornade blanche est passée dans la maison. Comment as-tu fait pour ranger tout le désordre accumulé ces derniers jours ?

Il balaya d'un regard admiratif l'évier étincelant, l'alignement impeccable des casseroles et le carrelage immaculé.

— Tu n'étais pas obligée…

— Je sais.

En vérité, elle avait endossé avec trop de plaisir ce rôle de maîtresse de maison. Un jeu bien dangereux qui, l'espace de quelques heures, l'avait plongée dans l'illusion d'un foyer et d'une vie de famille que jamais elle ne pourrait bâtir. Il lui fallait quitter Mountain Gem au plus vite, s'éloigner des enfants, de leur père, et renoncer aux rêves de petite fille inaccessibles à la femme qu'elle était aujourd'hui.

— Alors, comment est-elle ? Quel âge a-t-elle ? Laisse-moi deviner ! La trentaine, jolie, discrète, des cheveux blonds relevés en une queue-de-cheval irréprochable, un tailleur strict et des talons plats !

Pour la première fois depuis son arrivée, elle l'entendit rire de bon cœur. Comme il ne lui répondait toujours pas, elle insista.

— Tout le contraire de moi, n'est-ce pas ?

40

— Il est certain que le portrait que tu viens de tracer ne te ressemble guère !

— Je ne vois pas pourquoi je m'habillerais en surveillante de pensionnat. Les enfants ont besoin de vie et de gaieté autour d'eux.

— Soit, mais de là à porter des tenues excentriques ! Franchement, les paillettes et les guitares électriques ne sont pas nécessaires.

Elle fronça les sourcils avant de comprendre qu'il faisait allusion au long T-shirt qui lui servait de chemise de nuit et sur lequel une guitare d'un rouge écarlate avait été imprimée.

— C'est un ami musicien qui me l'a donnée, fit-elle avec un haussement d'épaules. Tu ne l'aimes pas ?

Max examinait le dessin qui s'étalait sur sa poitrine avec une attention trop soutenue à son gré. Pour mettre fin à cette situation embarrassante, elle se détourna pour s'intéresser de plus près aux provisions qu'il avait rapportées. Un sac rempli de bananes trônait en haut de la pile.

— Ma parole, tu en as acheté pour un régiment ! Vous n'arriverez jamais à toutes les manger !

— J'avais prévu de faire des milk-shakes.

— Quoi ! Tu attends que je m'en aille pour préparer mon dessert préféré ?

Il esquissa un sourire, mais choisit de garder le silence.

— J'ai du mal à croire que la nouvelle nounou raffole autant que moi des milk-shakes à la banane !

— Je n'ai pas engagé de nouvelle nounou.

Il se leva et la rejoignit près du garde-manger.

— Il n'y a que toi et cinq kilos de fruits. J'espère que tu resteras assez longtemps pour tout ingurgiter.

L'invitation n'était pas des plus romantiques, mais Carla bondit de joie.

— La réputation des petits Saunders aurait-elle effrayé toutes les prétendantes ? demanda-t-elle avec humour.

Max avait tendance à trouver ses enfants trop dissipés et elle le croyait fort capable de les présenter en termes assez négatifs pour décourager les meilleures volontés. Bien sûr, elle ne partageait pas son point de vue. La disparition de leur mère avait bouleversé leur existence et ils éprouvaient tout naturellement quelques difficultés à s'adapter à leur nouvel environnement.

— J'ai du mal à croire que tu n'aies trouvé personne. Tu n'as pas dû beaucoup chercher.

— Détrompe-toi ! J'ai étudié toutes les petites annonces du journal local et appelé méthodiquement toutes les agences de la région.

Carla restait plutôt sceptique.

— Ce matin, tu as passé tout au plus une demi-heure dans ton bureau et ensuite tu t'es évaporé. Ne me fais pas croire que tu as fait des recherches toute la journée pour revenir bredouille !

Elle avait très envie d'entendre qu'il ne la gardait pas seulement par absolue nécessité.

— J'ai tout de même rencontré quelques candidates. La première était trop âgée pour courir après des garnements de quatre ans. La deuxième portait encore un appareil dentaire. Et les autres ne faisaient pas l'affaire non plus.

Il soupira.

— J'ai vite abandonné, je te l'accorde et j'ai passé l'après-midi à l'usine, enfermé dans mon bureau, à essayer de travailler tout en me demandant comment résoudre le problème. Résultat, tu t'en doutes, je n'ai réussi à faire ni l'un ni l'autre !

— Je vois…

Elle voyait bien, en effet. Ayant échoué dans ses démarches, Max était passé au supermarché où il avait dévalisé le rayon de bananes avant de revenir pour se réconcilier avec elle. Il n'avait pas l'intention de la garder très longtemps à Mountain Gem, mais ne pouvait se permettre de la chasser sur-le-champ.

— Tu as besoin d'un peu de temps pour t'organiser et tu veux que je reste en attendant.

Malgré sa déception, elle accepta sans hésiter.

— Je suis d'accord !

Agissait-elle seulement pour le bien des enfants ou essayait-elle par tous les moyens de prolonger son séjour à Mountain Gem pour ne pas s'éloigner de Max ? Elle eut été bien en peine de discerner les motivations profondes qui lui dictaient sa conduite. Soudain, quelques cartons volumineux déposés dans un coin de la pièce attirèrent son attention.

— C'est une structure de jeux pour les jumeaux, expliqua Max en suivant la direction de son regard. Il reste à la monter, mais je devrais y arriver sans trop de difficulté. J'ai prévu de le faire demain matin.

Son geste la surprit très agréablement.

— Quelle bonne idée, Max ! Ils vont pouvoir dépenser leur énergie autrement qu'en hurlant et en cassant tous les objets de la maison ! Tu pourrais faire un père exceptionnel, si seulement tu...

Elle avait parlé sans vraiment réfléchir, et elle ne tarda pas à le regretter.

— Tais-toi, je t'en prie ! Et surtout, ne me dis pas ce que je dois être et ne pas être.

Elle obéit à contrecœur.

— Je ferai tout ce qui est en mon pouvoir pour

t'aider. Et je resterai à tes côtés jusqu'au jour où tu trouveras la personne que tu cherches pour tes enfants.

— Merci, Carla. Cette marque d'amitié me touche profondément.

Guère habitué à exprimer ainsi ses sentiments, il allégea aussitôt l'atmosphère par une pointe d'humour.

— Et puis ce serait vraiment dommage de gâcher toutes ces jolies bananes !

Elle releva timidement les yeux vers lui.

— Alors, serrons-nous la main pour sceller mon contrat de nounou temporaire !

Il prit la main qu'elle lui tendait.

— Et souhaitons que mes fils s'accommodent rapidement de leur nouvelle existence !

Carla acquiesça d'un air songeur. Puis, comme il semblait de bonne humeur, et que les garçons n'étaient pas là pour les interrompre, elle essaya d'orienter la conversation vers un sujet plus grave.

— Max, puis-je te poser une question ?

— Bien sûr. Que veux-tu savoir ?

— J'aimerais que tu m'en dises un peu plus à propos de leur mère.

Pour le bien de ses petits protégés, elle avait besoin de cerner la personnalité de la femme qui les avait mis au monde. Et, pour une raison moins avouable, elle brûlait de connaître la nature des sentiments que Max avait nourris envers elle.

— Si je veux aider Jake et Josh à s'adapter à leur nouvelle vie, il me faut en savoir un peu plus sur leur passé.

La curiosité de Carla était fondée. Max décida d'y répondre.

— Marie-Anne était maître de conférences à l'université, et elle était passionnée de joaillerie. Nous nous sommes rencontrés lors d'un séminaire sur les bijoux et ornements mexicains.

Il se tut, comme si déjà il avait fait le tour du sujet. Il avait parlé de la mère de ses fils comme d'une inconnue croisée à l'occasion d'un cocktail mondain. N'avait-il rien éprouvé d'autre envers elle qu'une simple et brève attirance ?

— J'imagine qu'elle était belle…

Elle se mordit la lèvre inférieure. La question lui avait échappé. Le hochement de tête de Max confirma sa supposition.

— Nous avons vécu une aventure sans lendemain. Elle ne souhaitait pas s'engager et moi non plus. A la fin du séminaire, nous nous sommes séparés comme de simples camarades. Je l'avais presque oubliée, jusqu'au jour où un notaire m'a informé

46

par un courrier recommandé de son décès et de ma paternité. Il me sommait aussi de venir récupérer immédiatement mes enfants.

Marie-Anne figurait donc bien parmi ses innombrables conquêtes. Pourtant, si elle l'avait informé de l'existence des jumeaux, leur relation aurait peut-être évolué d'une tout autre manière.

Max exhala un long soupir.

— Le fait d'apprendre ma paternité d'une manière aussi brutale m'a procuré un choc que tu n'imagines pas. Mais ce qui m'a le plus étonné, c'est que Marie-Anne ne m'ait jamais informé de sa grossesse et de la naissance des jumeaux. Je pensais qu'elle me connaissait assez bien…

Il n'eut pas la force de poursuivre.

— Es-tu légalement responsable de ces enfants ? lui demanda Carla.

— Oui. Leur mère n'avait aucune famille et elle m'avait désigné comme tuteur sur son testament. Mon nom est même inscrit sur leurs certificats de naissance.

« Une bien triste histoire ! » songea Carla. Sans le décès de Marie-Anne, Max n'aurait probablement jamais connu ses fils.

— Je suis désolée, murmura-t-elle gentiment.

— Merci.

Puis il redressa fièrement les épaules.

— Je ne peux pas réécrire l'histoire, mais je ferai tout ce qui est en mon pouvoir pour assurer leur avenir.

— Encore une chose, Max. Je sais que c'est délicat mais… Comment Marie-Anne est-elle morte ?

— Un accident sur un chantier de fouilles archéologiques.

Le destin de cette pauvre femme était décidément tragique. Carla décida qu'elle en avait suffisamment entendu.

— Je vais aller me coucher, dit-elle. Il est tard et je suis sûre que les jumeaux vont se lever aux aurores !

Au moment où elle passait devant lui, il lui effleura gentiment l'avant-bras.

— Merci encore, Carla. Ta présence parmi nous me rendra un grand service.

La jeune femme avala péniblement sa salive. Avec, à la fois, l'agressivité presque maladive et l'attirance qu'ils éprouvaient l'un pour l'autre, ils n'étaient pas au bout de leurs peines.

— Je suis heureuse de pouvoir t'aider.

Elle leva les yeux sur lui, songeant que leur tête-à-tête s'achèverait sur ces mots. Mais quelque chose dans le regard de Max avait changé. Il inclina la tête pour l'embrasser. « Rien de plus normal, songea-t-elle, dans la relation amicale de deux adultes attachés l'un à l'autre ». Pourtant, très vite, la démonstration d'amitié se transforma en une étreinte tout aussi passionnée qu'inattendue. Max encercla sa taille avec autorité et, au lieu d'embrasser sa joue, il prit furieusement possession de ses lèvres. Sidérée par cet assaut imprévisible, Carla fut transportée dans le plus doux des vertiges et son corps tout entier se mit à trembler de désir.

La violence inhabituelle de ses émotions la ramena soudain à la raison. Avait-elle perdu la tête ? Et Max ? A quoi jouait-il, exactement ? Essayait-il d'excuser l'accueil abominable qu'il lui avait réservé à Mountain Gem ?

— Non ! murmura-t-elle en le repoussant avec fermeté. Ce n'est pas bien.

Reprenant à son tour pied dans la réalité, Max parut extrêmement surpris par l'incident qu'il venait lui-même de provoquer.

— Je suis désolé…

Il se prit la tête entre les mains comme s'il cherchait à en chasser quelque démon, puis tenta de se ressaisir.

— Eh bien, nous sommes d'accord. Tu restes

ici quelque temps pour t'occuper des enfants. Je te paierai généreusement.

Il déployait des efforts méritoires pour redonner à la situation un semblant de normalité.

— Nous sommes d'accord, répéta-t-elle en essayant de l'imiter.

— Parfait !

Il inclina la tête et recula d'un pas.

— Tout est réglé, donc.

— Réglé ! confirma-t-elle d'une voix faussement assurée.

— Bonne nuit, Carla.

Il redressa les épaules et quitta la pièce sans se retourner. Tel un automate, la jeune femme se prépara un bol de lait chaud et monta se réfugier dans sa chambre.

4.

Max s'attaqua au montage de la structure de jeux dès son réveil. Deux heures plus tard, le travail était terminé et il examinait son œuvre avec satisfaction. Après un solide petit déjeuner, Carla invita les jumeaux à sortir dans le jardin et les suivit non sans appréhension. Elle avait soigneusement évité le maître des lieux depuis la veille et redoutait une nouvelle confrontation.

— C'est quoi ça ?

Il ne fallut pas à Josh plus de trois secondes pour repérer la nouvelle installation.

— Des jeux ! s'exclama Jake. Youpi !

Les deux garçons se mirent à courir à toutes jambes, puis, à la vue de leur père, ils marquèrent une halte et attendirent Carla pour se réfugier derrière elle. Tout naturellement, ils recherchaient la protection de la personne qui semblait leur témoigner le plus d'affection. Un voile de tristesse assombrit le visage de Max.

— Salut ! lança-t-il à la cantonade en essayant de dissimuler sa déception.

Il ramassa les vis qui traînaient encore sur le sol et les rangea dans sa boîte à outils.

— J'ai pensé que cela vous ferait plaisir…

Il n'osait affronter le regard de Carla et elle en était soulagée. Malgré sa volonté de garder avec Max les plus grandes distances, elle réprimait avec difficulté l'élan de compassion qu'elle éprouvait envers lui. Elle chercha, mais en vain, une idée pour rompre le silence embarrassé qui les paralysait. Si au moins les enfants avaient su manifester sans réserve la joie que leur procurait la généreuse attention de leur père !

— Merci, papa !

Comme s'il avait entendu la prière de la jeune femme, Josh courut jusqu'à Max et lui serra la jambe avec toute la force de ses petits bras. Puis il le relâcha et se précipita vers la balançoire pour l'examiner de plus près.

— C'est super !

Jake imita son frère, en allant serrer l'autre jambe de son père, mais il s'attarda plus longuement près de lui.

— Ça veut dire qu'on va rester ici, papa ? demanda-t-il, à la fois inquiet et plein d'espoir. Et qu'on va garder tout ça ?

C'était la première fois qu'un des garçons exprimait son envie de rester à Mountain Gem. Carla leva le regard en direction de Max et le supplia en silence de donner à son fils la réponse qu'il attendait. « Prends-le dans tes bras ! Serre-le très fort contre toi et dis-lui combien tu as envie qu'il reste auprès de toi ! Rassure-le, Max ! Et fais-lui le serment que tu seras toujours là pour veiller sur lui et sur son frère ! »

— Bien sûr que vous pourrez garder les jeux ! répondit-il d'un ton bourru. Personne ne va vous les prendre !

Il lui caressa timidement le haut du crâne et recula d'un pas, comme s'il voulait briser au plus vite le contact que l'enfant avait cherché à établir avec lui. Le désespoir s'empara de Carla. Elle aurait tant aimé qu'il lui manifestât un peu plus de tendresse !

Curieusement, le petit garçon ne sembla pas affecté par la maladresse de son père.

— Je veux jouer aussi ! fit-il.

Il courut rejoindre Josh et s'arrêta en chemin pour inviter Carla à le suivre.

— Et toi aussi, tu viens !

La jeune femme força un pâle sourire.

— D'accord, je veux bien essayer, dit-elle en avançant à son tour jusqu'au portique. Mais par quoi vais-je bien pouvoir commencer ? Le mur d'escalade, la balançoire ?

Elle s'accroupit, se mit à quatre pattes et fit mine de s'engouffrer dans le tunnel.

— Oh, mince alors ! Je crois bien qu'il n'est pas assez large pour moi ! cria-t-elle en relevant le postérieur pour rendre le spectacle encore plus comique.

Les garçons gloussaient de plaisir.

— T'es trop grosse ! lança Jake.

— C'est pas pour les gros éléphants ! renchérit Josh. C'est pour les petits comme nous !

— Ah oui ? Alors montrez-moi un peu ce que vous savez faire !

Heureux de relever le défi, les jumeaux prirent possession de la nouvelle installation. Carla les surveilla un instant, puis elle recula dans l'intention de trouver un endroit où s'asseoir. Sentant peser sur elle le regard insistant de Max, elle finit par se retourner. Il en profita pour s'approcher.

— Carla, à propos d'hier soir…

Elle se raidit brusquement. Etait-il vraiment nécessaire d'aborder le sujet ?

— Faisons comme si rien ne s'était passé, poursuivit-il. Tu veux bien ?

— J'ai déjà oublié ! mentit-elle avec une fausse indifférence. En revanche, j'aimerais que nous parlions des garçons.

Il leva les yeux au ciel.

— Qu'y a-t-il encore ?

— Tout à l'heure, Jake t'a posé des questions importantes. Il attendait que tu le rassures. Pourquoi ne l'as-tu pas fait ?

— Quelqu'un veillera bientôt sur eux, répondit-il en s'éloignant résolument. D'où l'intérêt d'engager une personne compétente.

Carla lui emboîta le pas.

— Une nourrice, aussi compétente soit-elle, ne sera jamais qu'une employée, Max. Les enfants ont besoin de l'amour de leurs parents. Ces deux-là ont déjà perdu leur mère. Tu es tout ce qu'il leur reste sur terre. Tu dois leur manifester ta tendresse, sans quoi ils…

Le visage de Max se durcit.

— J'en ai assez de ta psychologie de bazar, coupa-t-il. Et encore une fois, la manière dont je choisis d'élever mes enfants ne regarde que moi. Tu n'as plus quinze ans, Carla. Tu devrais apprendre à te taire.

— C'est pour ton bien et celui de tes enfants que j'essaie de te raisonner, insista-t-elle en allongeant le pas pour ne pas se laisser distancer.

— Si vraiment tu veux m'aider, décharge-moi de toutes ces choses matérielles qui m'empoisonnent la vie !

Et il enchaîna sans perdre de temps :

— J'ai demandé au jardinier d'installer un bac à sable pour les jumeaux. Tu auras sans doute une idée brillante pour lui conseiller l'emplacement le plus approprié.

Elle envisagea un instant de relancer la conversation sur l'éducation des garçons, puis décida d'abandonner le sujet pour le moment.

— Je le verrais bien à côté du terrain de jeux, répondit-elle. Ils pourraient passer de l'un à l'autre sans difficulté et cela permettrait de les surveiller facilement.

Un bruit de moteur avait couvert la fin de sa phrase. Max fit un mouvement de tête en direction du tracteur qui approchait.

— Tu n'as qu'à dire à Brent de creuser par là-bas. Je vais en profiter pour aller travailler dans mon bureau. J'apprécierais de ne pas être dérangé.

Ayant donné ses instructions, il disparut à l'intérieur de la maison, laissant la jeune femme en proie à une vive frustration. Le comportement de Max la décevait profondément. Parviendrait-elle à éveiller l'instinct paternel qui sommeillait en lui ?

56

— Regarde le gros tracteur ! s'écria Jake en faisant signe à son frère.

Carla inspira profondément. Elle devait se ressaisir et ne pas gâcher la joie des enfants parce qu'elle en voulait à leur père. Leur bien-être devait rester sa première préoccupation.

— Les enfants, je crois bien qu'une deuxième surprise vous attend ce matin. Allons voir de plus près ce que Brent a apporté pour vous !

Elle ne prit pas la peine de leur préciser qu'il s'agissait d'une nouvelle initiative de leur père. Il n'avait qu'à leur consacrer un peu de temps et s'en charger lui-même. Le jardinier déversa sa cargaison de sable à l'endroit qu'elle lui indiquait. Ravis, les jumeaux se lancèrent aussitôt dans la construction d'un château. Pendant ce temps, Carla lia connaissance avec Brent. C'était un très jeune homme de dix-huit ans qui venait tout juste de quitter le lycée. Sa famille était établie à Sydney et dans les environs. Après un échange chaleureux, il prit congé et remonta sur son tracteur.

Quelques minutes à peine s'étaient écoulées lorsque deux voitures pénétrèrent à leur tour dans la propriété. Carla se leva, essuya le sable qui collait à ses vêtements et fronça les sourcils. Qui cela pouvait-il bien être ? Voyant Max sortir de la maison, elle supposa qu'il attendait ses visiteurs.

Les deux voitures quittèrent le chemin et s'arrêtèrent devant le perron.

— Carla, tu veux bien venir un moment ? J'ai besoin de ton opinion.

« Voilà qui est nouveau », songea-t-elle en rejoignant les trois hommes qui bavardaient autour du plus petit des deux véhicules. C'était une berline rouge d'un modèle très récent.

— Qu'attends-tu de moi ? demanda-t-elle.

— Laisse-moi juste une minute et je vais tout t'expliquer !

— D'accord !

Il serra la main de ses visiteurs, les laissa repartir dans la deuxième voiture, ouvrit la porte avant de la berline et invita Carla à s'installer derrière le volant.

— Dis-moi un peu ce que tu en penses !

Elle s'installa sur le siège du conducteur et s'y sentit immédiatement à l'aise. Ce petit bijou sans doute très facile et très agréable à conduire n'avait rien de commun avec le 4x4 monstrueux qu'elle avait emprunté à Max deux jours auparavant. Quand il prit place à son côté, elle ne put réprimer un éclat de rire. L'engin n'était pas du tout adapté à sa taille.

Il avait les genoux repliés à la hauteur du menton et le haut de son crâne touchait le plafond.

— Max, tu as l'air ridicule !

— Merci beaucoup ! répondit-il sans se froisser.

Il claqua la portière, les enfermant tous deux dans un espace très confiné. Prise de panique, Carla se recroquevilla sur son siège. Depuis ce baiser stupide, la proximité du jeune homme éveillait en elle une émotion qu'elle était bien en peine de réprimer.

— Essaie de passer les vitesses ! fit-il, apparemment inconscient de son trouble. Et règle l'inclinaison de ton dossier !

Elle obéit sans mot dire et, l'esprit totalement ailleurs, elle ajusta d'une main tremblante le rétro-viseur et la sangle de sa ceinture. Max, lui, était parfaitement détendu. Pourquoi se conduisait-elle comme une oie blanche se trouvant pour la première fois en présence d'un homme ?

— Alors, elle n'est pas merveilleuse ?

Il se pencha vers elle, comme s'il souhaitait lui faire une confidence, mais elle s'écarta vivement pour éviter tout contact avec lui.

— Je... Oui, Max, c'est une très jolie voiture, bredouilla-t-elle gauchement. Mais pourquoi tenais-tu tant à me la faire essayer ?

Il la scruta longuement, puis secoua la tête d'un air énigmatique avant de lui répondre.

— C'est très simple. Tu as besoin d'un moyen de transport pour sortir les jumeaux. Je voulais te faciliter l'existence.

Carla trouvait absurde un tel investissement pour le peu de temps que durerait son séjour à Mountain Gem. D'un autre côté, sa remplaçante en aurait elle aussi l'usage.

— Cette voiture me sera très utile, reconnut-elle. Mais tu aurais dû choisir un modèle un peu plus spacieux. Si un jour ton 4x4 tombe en panne, tu ne pourras même pas t'en servir.

Il se frotta la nuque pour tenter d'éloigner le torticolis qu'il sentait naître et tenta sans y parvenir de croiser les jambes.

— Katherine pourra s'en servir à son retour. Son vieux break a rendu l'âme le mois dernier.

— Quoi qu'il en soit, c'est une charmante attention. Je te promets d'en prendre soin et de te la rendre en un seul morceau.

— Ce serait effectivement une bonne chose.

Il s'extirpa avec difficulté de l'habitacle, claqua la portière et passa la tête au-dessus de la vitre baissée.

— Je retourne travailler. Amuse-toi bien avec les enfants ! Je vous rejoindrai pour le déjeuner.

Une fois de plus, il la laissa dans un état de grande confusion. Le tête-à-tête avait été éprouvant. Son attirance pour Max semblait grandir au fil des jours. Combien de temps encore parviendrait-elle à lui taire son désir ?

Plus le temps passait, plus Max regrettait son bureau en ville, ses déjeuners d'affaires et ses contacts quotidiens avec la clientèle. Le contrôle de sa vie professionnelle lui échappait et même ses employés semblaient vouloir le laisser à l'écart. Leur formation et leurs compétences les rendaient parfaitement autonomes. Au fond, ils pouvaient tout à fait se passer de la présence de leur patron. Si tel avait été son désir, il aurait très bien pu se retirer des affaires courantes et se contenter de présider le conseil d'administration. Le chiffre d'affaires n'en aurait pas été affecté et la société serait toujours aussi florissante.

Un tel constat n'était pas de nature à égayer son humeur. Au moins pouvait-il se rassurer sur un point : la signature du contrat avec Danvers ne dépendait que de lui et l'acharnement que déployait pour le séduire la fille du grand homme d'affaires ne pouvait que flatter son ego. Mais s'il était tranquillisé sur son utilité au sein de l'entreprise et aussi sur ses charmes, l'insistance de Felicity se révélait parfois des plus embarrassantes.

Max ne poursuivait qu'un objectif : commercialiser ses produits dans les filiales de la Danvers Corporation pour donner à son entreprise une envergure international. Malheureusement, la jeune femme avait jeté son dévolu sur sa personne, tout autant que sur les avantages commerciaux de sa proposition. Il avait commis une erreur en l'invitant un soir à dîner. Depuis, il refusait tout tête-à-tête avec elle en espérant qu'elle finirait par se lasser. Mais rien ne paraissait décourager cette enfant gâtée qui, depuis son plus jeune âge, voyait tous ses caprices satisfaits.

Décidément, ses relations avec les femmes étaient bien compliquées. Plus d'une fois, il s'était interrogé sur l'ambiguïté de son attitude envers Carla. Pour quelles raisons obscures mettait-il aussi peu d'énergie à lui trouver une remplaçante alors que sa présence à Mountain Gem l'exaspérait au plus haut point et qu'il ne lui reconnaissait aucune des qualités professionnelles d'une véritable nourrice ? Craignait-il de perturber les enfants en la renvoyant de manière trop précipitée ? Non, l'excuse était lamentable. Plus ils s'habitueraient à elle, plus la séparation serait douloureuse. Il lui arrivait parfois de se demander s'il n'avait pas secrètement envie de la voir rester. Idée qu'il rejetait aussitôt. Carla était infiniment désirable. Cela, il le reconnaissait volontiers. Mais de là à la supporter au quotidien…

Incapable de se concentrer sur son travail, il décida de faire un tour dans le jardin. Le spectacle qu'il découvrit en descendant les marches du perron acheva de l'extraire de ses pensées. Un tuyau d'arrosage avait été installé à proximité du bac à sable, et les rayons du soleil projetaient tout autour du terrain une auréole de lumière qui contenait toutes les couleurs de l'arc-en-ciel. Les jumeaux couraient en tous sens, riant à gorge déployée en s'aspergeant avec des pistolets à eau. Pauvre princesse prisonnière, Carla attendait qu'un des preux chevaliers vienne la délivrer. Mais si son jeu était des plus convaincants, sa tenue en revanche n'avait rien de très majestueux. Elle arborait le bikini le plus affriolant que Max ait jamais vu. Le jeune jardinier s'amusait follement lui aussi, et le parterre de roses dont il s'occupait d'un œil distrait constituait un bien piètre alibi à sa présence auprès d'eux.

Max en éprouva une vive colère. Le payait-il pour reluquer la baby-sitter de ses enfants ? Pourtant, comment lui en vouloir ? Carla était si ravissante et elle paraissait si à l'aise dans son environnement !

On eut dit qu'elle était née à Mountain Gem, qu'elle y avait grandi et qu'elle pourrait tout naturellement y passer le reste de son existence. « Quelle pensée ridicule ! » se dit soudain Max en essayant de se ressaisir. Avait-il totalement perdu ses esprits ?

— Mais où te crois-tu, au juste ?

Son ton brutal et accusateur fit brusquement cesser les rires. Un silence lugubre succéda aux joyeux bavardages.

— Tu n'as vraiment aucune pudeur ! lança-t-il encore en s'approchant de la jeune femme.

Brent détourna le regard, rassembla ses outils dans sa brouette et disparut dans son cabanon sans demander son reste. Paralysés, les jumeaux ouvraient sur leur père des yeux immenses et craintifs.

— N'ayez pas peur, mes trésors ! fit Carla d'une voix qui se voulait réconfortante. Allez donc arroser la haie avec vos pistolets ! Avec la chaleur, les pauvres plantes ont besoin d'eau pour grandir !

Les garçons acquiescèrent en silence et prirent la direction de la véranda. Elle les regarda s'éloigner et, les sachant hors de portée de voix, elle se tourna vers Max.

— Tu ne sais donc pas parler sans hurler ? s'indigna-t-elle. Tu as vu comme tu as effrayé les garçons ?

Il se sentit soudain un peu ridicule. Mais, après tout, qui était à blâmer pour cet incident ?

— Je ne m'adressais pas à eux, tu le sais très bien !

— Rien ne t'autorisait à me parler sur ce ton.

Elle se baissa pour écarter le tuyau d'arrosage et, ce faisant, mouilla par inadvertance le revers du pantalon de Max, ce qui eut pour effet de le faire s'énerver un peu plus.

— Tu n'avais qu'à te conduire plus correctement.

— Je ne faisais rien de mal. Je m'amusais avec les enfants en veillant à les rafraîchir pour les protéger de la chaleur.

Il lui arracha le tuyau des mains. Son insouciance et son manque de discernement l'irritaient au plus haut point.

— Tu te pavanais à moitié nue sous les yeux du jardinier et devant mes enfants. Est-ce là une conduite exemplaire ?

— Je me pavanais ! répéta-t-elle en haussant le ton à son tour. Tu m'accuses de faire des avances à ce jeune garçon ?

Elle secoua la tête d'un air ahuri.

— Es-tu aveugle, Max, ou complètement fou ?

La rage soulevait sa poitrine et le regard de Max fut attiré de nouveau sur son maillot de bain.

— Quelle tenue, tout de même ! Tu offres à mes enfants un spectacle absolument indécent, et tu voudrais que je t'approuve ?

Un rire acide jaillit de la gorge de Carla.

— Tu devrais sortir un peu plus souvent, Max. J'ai vu des femmes porter des bikinis beaucoup plus provocants.

Il voulut répliquer, mais elle leva la main pour l'empêcher de parler.

— Non, je t'en prie ! Laisse-moi terminer !

Et elle l'invita à regarder son soutien-gorge de plus près.

— Tu vois ce tissu ? Il est aussi épais et résistant que celui d'un blouson d'aviateur !

Et comme si cela ne suffisait pas, elle désigna ensuite le bas de sa tenue.

— Regarde, Max, à quel point la coupe est couvrante !

Il avala péniblement sa salive. A examiner le maillot de plus près, il devait bien admettre qu'elle avait raison. Pourquoi alors, l'avait-il vue si provocante et si terriblement sensuelle ?

— Je... pardonne-moi ! bredouilla-t-il péniblement.

66

Sans réfléchir, il essuya du revers de la main un filet d'eau qui ruisselait sur sa hanche. Puis, comprenant son erreur, il recula, comme effrayé par sa propre hardiesse.

— Tu as raison, Carla, j'ai réagi de façon excessive. Mais à l'avenir, j'apprécierais que tu choisisses des tenues plus appropriées pour te promener dans la propriété.

— Entendu ! répondit-elle, sans parvenir à ravaler totalement son indignation. J'irai en ville demain matin pour m'acheter une combinaison de plongée. Des palmes, aussi. On ne sait jamais. Mes pieds risqueraient d'inspirer de mauvaises pensées à ce pauvre Brent !

— Ne sois pas ridicule !

— Ridicule ?

Elle le gratifia d'un sourire plein d'amertume.

— De nous deux, franchement, ce n'est pas moi la plus ridicule.

Puis elle pivota sur ses talons et s'éloigna avec nonchalance, apparemment inconsciente du balancement infiniment gracieux de ses hanches.

5.

— Qu'es-tu encore en train de manigancer ?

Carla achevait de lacer les chaussures de Jake. Elle jeta un bref regard par-dessus son épaule, puis se concentra de nouveau sur sa tâche.

— J'habille les garçons pour les conduire en ville.

— J'ignorais que tu comptais sortir aujourd'hui.

Le ton était clairement réprobateur, mais elle choisit de s'en moquer. Vingt-quatre heures s'étaient écoulées depuis l'incident du bikini et elle n'avait toujours pas décoléré. Elle souleva l'enfant, le reposa par terre et l'invita à rejoindre son frère dans la pièce voisine.

— Aurais-je oublié de te prévenir ? fit-elle d'un air faussement innocent. Décidément, je fais une belle étourdie !

Elle se détourna de nouveau et referma avec application tous les tiroirs de la commode. Max commençait à perdre son calme. Son petit manège l'exaspérait.

— Sans vouloir être indiscret, pourrais-je savoir où tu as l'intention de les emmener ?

— Oh oui, bien sûr, se contenta-t-elle de répondre, narquoise.

— Je ne voudrais surtout pas te presser ou chambouler ton emploi du temps mais…

Il s'interrompit brièvement.

— Suis-je bête ! Tu ne sais pas ce qu'est un emploi du temps !

A ces mots, la jeune femme se figea, consciente du peu de considération que Max accordait à son travail. Croyait-il réellement qu'elle agissait toujours à l'improviste ? La surveillance permanente de deux enfants de quatre ans requérait une organisation sans faille. Manifestement, il l'en croyait incapable.

— Tu préférerais sans doute que j'affiche au mur un programme quotidien où seraient notées heure par heure toutes les activités de la journée ? Je n'en ai pas besoin, Max. Ma tête me suffit amplement.

— De toute manière, l'ordre et la méthode sont contre ta nature.

— Rien ne t'autorise à me juger de la sorte !

Ne pouvait-il pas la lâcher des yeux un instant ? Elle s'était appliquée à gommer tous ses attraits pour qu'il ne voit rien de provocant dans sa tenue. Ses vêtements larges ne révélaient rien de ses formes, son maquillage était discret et sa coiffure des plus sages.

— Je ne te juge absolument pas !

Elle préféra ne pas le contredire. Mieux valait ne pas envenimer la conversation avant d'aborder le sujet qui lui tenait à cœur.

— Quand ils vivaient avec leur mère, tes enfants fréquentaient une école maternelle. Ce sont eux qui me l'ont dit.

— Et alors ?

Bien qu'elle trouvât son désintérêt révoltant, elle décida de taire son sentiment et de lui dévoiler ses projets sans détours.

— L'école de Wentworth Falls jouit d'une excellente réputation. La directrice accepte de les accueillir deux jours par semaine. J'ai rendez-vous avec elle aujourd'hui.

Comme il restait sans voix, elle poussa son avantage.

— Tu as acheté une voiture pour que je puisse les emmener en ville, non ? Eh bien, c'est exactement ce que j'ai l'intention de faire aujourd'hui !

Max revenait peu à peu de sa surprise. D'un pas déterminé, il avança et se planta devant elle.

— L'école ? A leur âge ? Je n'en vois vraiment pas l'intérêt.

Comme toujours, la proximité de Max fit perdre à Carla une partie de ses moyens.

— C'est… c'est un établissement très renommé, insista-t-elle d'une voix plus hésitante. Les enfants en retireront beaucoup d'avantages. Il n'y a pas de meilleure préparation pour l'entrée à l'école primaire.

— Non.

Sur ce verdict sans appel, il tourna les talons. Ne pouvant accepter un refus si peu argumenté, elle tenta de le retenir.

— Que veux-tu dire exactement ?

Il s'arrêta dans l'encadrement de la porte.

— Tu m'as parfaitement compris. Je ne veux pas que tu les inscrives à l'école. Tu n'as plus qu'à annuler ton rendez-vous. Mes garçons resteront à la maison jusqu'à nouvel ordre.

— Tu ne peux pas les priver de ce bonheur, Max. Et puis, je leur avais promis de les emmener. Ils sont si impatients d'y aller. C'est la seule activité extérieure qui leur était proposée quand ils vivaient avec leur mère. Le fait de continuer aujourd'hui…

— Je me moque de ce qu'ils faisaient avec leur mère.

Outrée, Carla se laissa tomber sur la chaise la plus proche.

— Ce que je veux dire, expliqua-t-il plus posément, c'est qu'ils sont sous ma responsabilité, maintenant. Ils ont besoin que je leur fixe des repères et…

— Précisément ! L'école pourrait t'y aider. Je ne comprends pas ton raisonnement. Moi qui pensais t'arranger en les occupant à l'extérieur deux jours par semaine !

— Leur prochaine nourrice se chargera de leur épanouissement. Elle devra chaque jour leur proposer des activités intellectuelles et sportives.

Carla secoua la tête d'un air désespéré. Il n'avait vraiment aucune conscience des réalités.

— Max, tu te fais des illusions ! Une personne à elle seule ne peut remplacer une mère, une institutrice et une maîtresse de maison !

Carla entendait des petits pas retentir dans le couloir. Elle se hâta donc de finir son discours avant que les jumeaux ne fassent irruption dans la pièce.

— Jake et Josh ont besoin de partager des moments avec des enfants de leur âge. Ils doivent aussi apprendre à quitter la maison familiale et à accorder leur confiance à des adultes de l'extérieur. N'importe quel spécialiste de la petite enfance te dirait que la fréquentation d'une bonne école est indispensable pour eux.

— Je te le répète une dernière fois. Mes garçons trouveront auprès de leur nourrice tout ce dont ils ont besoin. Quant aux enfants de leur âge pour partager leurs jeux, rien n'empêche d'en trouver dans les environs !

— Si tu les aimes, tu n'as pas le droit de les brimer. Ils ont envie d'aller dans cette école. Je ne vois aucune bonne raison de les en empêcher.

Pendant ce temps, les jumeaux les avaient rejoints dans la chambre. Ils piaffaient d'impatience. Max les observa un moment en silence et, craignant de leur causer une déception trop vive, revint sur sa décision.

— Je t'autorise une visite à l'école, concéda-t-il enfin. Mais rien de plus pour l'instant !

Carla éprouva un vif soulagement. Jamais elle n'aurait osé annoncer aux enfants l'annulation de leur sortie.

— Sois tranquille, Max ! Je m'occupe de tout.

Elle prit ses petits protégés par la main et s'empressa de quitter la pièce, de crainte qu'il ne changeât d'avis encore une fois. Malheureusement, sa précipitation éveilla sa méfiance.

— Pas si vite ! Finalement, je crois bien que je vais

venir avec vous. J'aime autant voir par moi-même à quoi ressemble cette école.

Et il les précéda d'un pas décidé jusqu'à sa voiture.

Les bâtiments de l'ensemble scolaire de Wentworth Falls s'élevaient au milieu d'une vaste propriété. Ayant franchi la grille de l'entrée, le 4x4 avança le long d'une allée bordée de cyprès qui conduisait jusqu'au parking. Tandis que Carla aidait les garçons à descendre de leur siège, Max commença à grimper sur la butte qui menait à l'entrée de l'école. Tout en admirant le cadre privilégié de l'établissement, il profita de sa solitude pour réfléchir à la discussion qui venait de l'opposer à la jeune femme. Comment diable s'était-il laissé manipuler de la sorte et par quelle aberration se voyait-il contraint à visiter une école dont il ignorait l'existence une heure auparavant ? Dieu merci, c'était à lui que reviendrait la décision finale.

— Eh bien, qu'attendez-vous pour me rejoindre ? cria-t-il avec impatience.

Carla crispa le poing au fond de sa poche. Allait-il encore une fois gâcher par sa mauvaise humeur un moment de plaisir ? Prenant une profonde inspiration, elle se promit de garder son calme.

— Nous voudrions voir le parc pour commencer, répondit-elle dans un sourire.

— Qu'y a-t-il donc de si intéressant par ici ? Ces magnifiques dessins sur le mur de la cour de récréation ?

— Pourquoi pas ? Et il y a également les arbres et les jeux d'extérieur. Il faut vérifier le respect des normes de sécurité et aussi l'état de propreté du bac à sable.

Comme il levait les yeux au ciel, elle s'adressa délibérément aux jumeaux.

— C'est joli ici, qu'en pensez-vous ? Vous avez vu toutes ces fleurs autour du préau ?

— Trop beau ! approuva Jake avec enthousiasme.

Cependant, Carla poursuivait tranquillement son inspection.

— Le parc et l'aire de jeux sont parfaitement entretenus. Il y a beaucoup d'espace pour courir et je ne vois aucun danger majeur pour les enfants.

Elle balaya du regard l'immense cour de récréation. Les garçons se tenaient à ses côtés, leurs petites mains serrées dans les siennes. Max les suivit avec réticence jusqu'à la porte d'entrée. En chemin, son attention fut attirée par la réplique miniature d'un château fort. Un mur d'escalade et une échelle de bois permettaient d'accéder à la plus haute tour. Il fronça les sourcils.

— C'est un peu haut pour des enfants de leur âge ! Tu ne trouves pas ?

— Ne dis pas de bêtises ! Et puis, imagine le plaisir qu'ils éprouveront à défendre leur forteresse face à des hordes d'Indiens !

Peu convaincu, il la précéda sur le perron pour lui ouvrir la porte. A l'intérieur du bâtiment, toutes les couleurs de l'arc-en-ciel se déclinaient sur les murs, les plafonds, et même les escaliers. Le hall d'accueil retentissait des cris et des rires des enfants. Max songea que nul ne remarquerait leur présence dans ce joyeux vacarme. Pourtant, quelques secondes après leur arrivée, une femme d'une quarantaine d'années se présenta devant eux. Il voulut la saluer, mais elle sembla à peine le remarquer.

— Vous devez être Carla ! s'exclama-t-elle en serrant chaleureusement la main tendue de la jeune femme. Ravie de faire votre connaissance. Je suis Alexandra, la directrice.

Carla lui rendit son sourire.

— C'est très gentil de nous recevoir aujourd'hui. Les garçons étaient si impatients de venir !

Elle lui présenta Jake, puis Josh, et enfin Max,

76

comme si sa présence ne revêtait qu'une importance secondaire.

— Nous allons faire le tour de l'école, reprit Alexandra. Suivez-moi !

Et elle ouvrit la marche, sans même s'assurer que ses visiteurs lui emboîtaient le pas. Max n'aimait pas les femmes autoritaires. Il ferma le cortège, juste derrière Carla, ce qui le mit une fois de plus aux premières loges pour admirer le balancement de ses hanches. Depuis le soir où il avait commis l'erreur de l'embrasser, son désir pour elle n'avait cessé de grandir au point de devenir presque obsédant. Il dut se faire violence pour s'arracher à la contemplation de ses reins et s'intéresser aux locaux et au matériel dont disposait l'école. Carla semblait impressionnée, et il n'était pas loin de partager son enthousiasme. Quant aux jumeaux, ils trépignaient de joie à chaque nouvelle découverte.

— Cette école est fabuleuse, Max ! lança Carla en se tournant vers lui. Franchement, si tu étais honnête envers toi-même un seul instant, tu admettrais que…

— L'endroit est convenable, en effet. Le personnel a l'air très qualifié, et je n'ai rien à redire sur l'organisation.

La jeune femme ouvrit de grands yeux incrédules.

— Alors, c'est vrai ? Tu...

— Les garçons ont l'air de se plaire ici. J'accepte de les inscrire.

— Vraiment ?

Elle continuait à le dévisager sans oser croire à ses paroles. Depuis son arrivée à Mountain Gem, c'était la première fois qu'elle l'entendait prendre une décision sensée. Max eut un petit sourire énigmatique devant son air étonné. Evidemment, songea-t-il, elle ignorait encore que son jugement à son égard avait changé. Au fil des jours, il avait remarqué l'attention infaillible qu'elle accordait aux moindres besoins des garçons. Elle comprenait leurs angoisses et leurs désirs les plus enfouis. Parfois même, elle paraissait deviner des pensées qu'ils n'osaient lui avouer.

Il devait bien l'admettre aujourd'hui. Carla possédait un véritable don. Une disposition naturelle à veiller sur les enfants. Son sérieux et son professionnalisme soulevaient l'admiration. Insidieusement, il avait commencé à s'attacher à sa personne et le désir physique qu'il éprouvait envers elle au début de son séjour s'était teinté peu à peu d'un sentiment plus sincère et beaucoup plus profond.

6.

— Jamais je ne me lasserai de cette vue magnifique !

Les pâles rayons du soleil éclairaient au loin la vallée de Jamison. Accoudée à la rambarde du belvédère, Carla s'abîmait dans la contemplation du paysage, essayant d'ignorer l'humeur maussade de Max. A leurs pieds s'étendait un bassin verdoyant, planté d'arbres plusieurs fois centenaires, où nichaient des milliers d'oiseaux dont seuls les cris et les battements d'ailes troublaient la paix du somptueux décor. Comment son compagnon pouvait-il demeurer insensible à tant de beauté ?

Après la visite de l'école, Carla lui avait suggéré cette excursion pour l'inviter à partager un moment privilégié avec ses fils. Il se tenait derrière la grille de sécurité, les jumeaux accrochés à ses jambes, le visage fermé et les yeux brillant de colère. Il ne disait rien, mais lançait à Carla des regards éloquents. Sans doute devait-elle s'attendre à de belles remontrances lors de leur prochain tête-à-tête ! Elle s'en moquait. Le bonheur évident des deux garçons suffisait à la conforter dans sa décision. Que ressentait leur père à ce moment précis ? Il ne pouvait être indifférent à la tendresse manifestée par ses fils. Pour eux, les barrières qu'il avait érigées autour de son cœur pour se protéger de leur amour n'existaient pas.

— C'est vraiment gentil de ta part d'avoir accepté cette promenade, Max.

— Tu es contente de toi, n'est-ce pas ?

Le ton était brutal et cassant, mais Carla ne se laissa pas intimider.

— Et si nous leur faisions découvrir le circuit du petit train panoramique ? suggéra-t-elle avec enthousiasme. N'est-ce pas le plus beau d'Australie ?

— Pas question ! rétorqua-t-il avec autorité. Tu n'auras qu'à les emmener un autre jour si tu y tiens vraiment. J'ai été suffisamment patient jusqu'à présent.

C'était compter sans la présence des enfants. Les jours passant, ils perdaient peu à peu de leur crainte et n'hésitaient plus à exprimer leurs opinions et leurs désirs.

— S'il te plaît papa, on peut y'aller ?

— Oh oui, papa, s'il te plaît !

Max se renfrogna un peu plus. Comme il ne répondait pas, ils s'empressèrent d'interpréter son silence comme une approbation et s'enfuirent à toutes jambes en direction du petit train. Très vite, les deux adultes les rejoignirent pour les guider le long du chemin.

— Carla, je n'ai pas l'habitude de me laisser manipuler de la sorte, maugréa Max entre ses dents.

— Tu ne vas pas faire des histoires pour si peu de chose ! soupira Carla. Quel mal y a-t-il à faire plaisir aux enfants ?

Carla boucla les ceintures de sécurité des jumeaux avant de s'installer sur le siège du passager. L'atmosphère était tendue à l'extrême. Max les avait finalement accompagnés dans le train, mais il n'avait pas ouvert la bouche de tout le circuit. Heureusement, sa mauvaise humeur n'avait en rien gâché le bonheur des enfants. Le voyage terminé, ils avaient commandé des glaces. Déçue par le parfum qu'elle avait choisi pour elle, Carla avait regardé avec envie le cornet de Max et, incapable de résister à la tentation, elle avait passé la langue sur sa crème glacée sans lui demander son avis. Abasourdi par son audace, il l'avait dévisagée avec effroi.

— Et si nous allions faire un tour au parc ? avait-elle bredouillé d'une voix tremblante.

Rouge de honte, elle voulait avant tout mettre fin au malaise que son comportement inconsidéré avait installé. Contrairement à toute attente, Max ne rejeta pas sa proposition.

— Pourquoi pas ? fit-il en tournant la clé de contact. De toute façon, il est trop tard pour que je me mette au travail.

Loin d'apaiser les tensions, la demi-heure passée au parc ne fit qu'exacerber l'ambiguïté de leur relation. Comme ils se baissaient dans un même mouvement pour réceptionner Jake en bas du toboggan, la main de Max avait involontairement effleuré l'intérieur de la cuisse de Carla. Un peu plus tard, leurs doigts s'étaient frôlés alors qu'ils tentaient de ralentir la balançoire de Josh. Et pour tout arranger, elle s'était retrouvée dans ses bras après un vol plané spectaculaire.

Le crépuscule enveloppait déjà les cimes des arbres lorsqu'ils reprirent le chemin de la maison. Epuisés par une journée bien remplie, les jumeaux s'endormirent dans la voiture. Très vite, Carla succomba elle aussi au sommeil. Ses rêves la transportèrent quelques années plus tard. Les jumeaux avaient grandi, elle vivait toujours à Mountain Gem, et la silhouette rassurante de Max était là pour veiller sur eux trois.

Elle se réveilla au moment où Max arrêtait la voiture devant les marches du perron.

— Nous allons essayer de les monter dans leur lit sans les réveiller, murmura-t-elle. Prends Jake, je m'occupe de Josh !

Une brise chaude soufflait dans le jardin. L'air sentait l'eucalyptus et la terre fraîchement arrosée. Serrant l'un des garçons tout contre sa poitrine, la jeune femme pénétra à l'intérieur de la maison. Les pas de Max résonnaient derrière elle. Si elle voulait s'épargner une nouvelle leçon de morale, elle devrait se retirer au plus vite après le coucher des enfants. La journée avait été éprouvante, mais au moins elle avait marqué un point : les jumeaux étaient inscrits à l'école. Une décision qu'il ne manquerait sans doute pas de lui reprocher.

Peu après, Jake et Josh dormaient paisiblement entre leurs draps. Les deux adultes sortirent sans bruit de la chambre.

— Bonne nuit, Max, fit aussitôt Carla en s'éloignant dans le couloir. Je dois me reposer pour être en forme au réveil de ces deux garnements.

— Accorde-moi un instant ! Il faut que je te parle.

Il s'agissait plus d'une prière que d'un ordre. N'osant refuser, elle le suivit au rez-de-chaussée et obéit lorsqu'il l'invita à s'asseoir sur le canapé du salon.

— Carla, j'aurais aimé que nous parlions ensemble de ton avenir. J'imagine que tu n'as pas l'intention de jouer les baby-sitters toute ta vie. Quels sont tes projets exactement ?

— Mes projets ?

Elle étouffa un bâillement. Pourquoi choisir une heure aussi tardive pour aborder pareil sujet ?

— Max, je suis éreintée, et je sais trop bien ce que tu vas me dire. Je n'ai aucune envie d'entendre tes sermons sur mon mode de vie et mon manque d'ambition.

— Tu as beaucoup de capacités, il ne faut pas les gâcher.

— Oui, je sais, c'est ton refrain favori.

— Je veux juste savoir si tu es satisfaite de ton sort.

Il se pencha en avant.

— Entre nous, tu n'as pas d'autre désir que d'aller de famille en famille pour garder des enfants ?

Elle fronça les sourcils. Ce soudain intérêt pour sa personne éveillait sa méfiance. Où diable voulait-il en venir ?

— Pourquoi me poses-tu cette question ?

— Je t'expliquerai un peu plus tard. Réponds-moi d'abord ! J'ai besoin de savoir.

— Très bien ! Tu veux connaître mes projets d'avenir…

En vérité, elle n'aspirait qu'à une chose : trouver le bonheur auprès d'un homme. Et si cet homme était Max ? Si son désir le plus cher était de rester à ses côtés pour veiller sur lui et sur ses deux enfants ? Elle secoua la tête, comme pour chasser les pensées incongrues qui avaient traversé son esprit.

— J'aspire aux mêmes choses que la plupart des gens. Je veux être heureuse, me sentir utile. Comme tu le sais, je n'ai jamais nourri de grandes ambitions.

— Tu n'as jamais songé à reprendre tes études ? A te lancer dans une voie plus intéressante ?

L'heure du sermon approchait. Adolescente déjà, elle avait subi maintes fois les remontrances du grand frère de sa meilleure amie. Aujourd'hui pourtant, il semblait avoir autre chose en tête.

— J'aime beaucoup mon travail, répondit-elle posément. Un jour peut-être, si j'en ai l'opportunité, j'essaierai de devenir institutrice.

— Rien ne t'empêche de t'inscrire à l'université et de présenter le concours.

— Sans ressources, ce n'est guère possible.

Il l'observait avec une intensité inhabituelle et elle éprouvait les pires difficultés à soutenir son regard.

— Je vois une solution, déclara-t-il dans un sourire triomphant. Une solution très simple.

— Ah oui ?

Max détenait toujours toutes les solutions. Qu'avait-il encore inventé ? Elle attendit ses explications sans beaucoup d'intérêt. Pour l'heure, elle n'avait qu'une hâte : monter dans sa chambre et dormir.

— Le... euh, le mariage pourrait régler un certain nombre de problèmes pour chacun de nous.

Les paupières lourdes de Carla se soulevèrent d'un seul coup et elle se demanda si elle n'était pas en train de rêver. L'air embarrassé, Max passa une main dans ses cheveux.

— Je... eh bien, je te propose de m'épouser. Si l'on y réfléchit, c'est une très bonne idée.

Interloquée, elle le fixa sans mot dire. Max était un homme brillant, issu d'une famille riche et respectable. Pour quelle obscure raison demanderait-il la main d'une modeste jeune femme, fille d'une danseuse de cabaret et d'un politicien irresponsable ?

— Je... je ne comprends pas...

Elle n'avait pourtant aucun mal à s'imaginer dans le rôle de Mme Saunders. Un mari, des enfants, une maison qu'elle adorait. Enfin, le foyer dont elle avait toujours rêvé ! Max semblait avoir changé d'opinion à son égard. Il avait cessé de voir en elle l'adolescente rebelle et excentrique, amie de sa sœur Katherine, pour la considérer enfin comme une femme digne d'intérêt. Sa proposition était si merveilleuse et si inattendue qu'elle faillit fondre en larmes.

Ce fut alors qu'il reprit la parole.

— Cette union réglerait pas mal de questions.

Le timbre de sa voix était neutre, dénué de sentiment.

— J'ai examiné le problème sous tous les angles. Ma suggestion est beaucoup plus sensée qu'elle n'y paraît au premier abord.

Sans doute ne s'exprimait-il pas différemment quand il parlait affaires. L'union de deux personnes s'apparentait dans sa bouche à la fusion de deux entreprises. Choquée, Carla commença à entrevoir le sens de sa proposition. Allait-il lui exposer dans le détail les termes du contrat ? Elle crispa les poings et se retint de crier sa révolte et sa déception. L'espace d'un instant, elle avait cru qu'il lui offrait la chaleur d'un foyer. En réalité, il ne s'agissait que d'un vulgaire marchandage. Un arrangement qui, par un coup de baguette magique, résoudrait tous ses soucis d'organisation.

— Cette solution serait parfaite pour les jumeaux. De ton côté, elle te permettrait de suivre une nouvelle formation sans aucune préoccupation financière.

Fier de sa proposition, il ouvrit les bras pour décrire un cercle autour de lui.

— Et tout cela t'appartiendrait.

Le mariage ne constituait-il à ses yeux qu'un moyen de résoudre les problèmes et les aspirations matérielles de chacun ? Carla aurait voulu s'enfuir dans sa chambre pour y pleurer toutes les larmes de son cœur. Comment avait-elle pu se méprendre à ce point sur les motivations de Max ? Sa proposition était dénuée de tout sentiment.

— Et puis, reprit-il dans un sourire qu'elle trouva hautement déplaisant, je suis sûr que notre vie sexuelle ne manquerait pas d'intérêt. Il se passe quelque chose entre nous, c'est évident.

Apparemment très satisfait de lui-même, il osa même rire de son audace. Carla, quant à elle, avait l'impression d'avoir reçu une gifle en plein visage. Que n'avait-elle la force de le provoquer, de s'inventer sans vergogne une vie sentimentale très remplie et de lui décrire dans le détail les prouesses de ses nombreux amants ? Comme elle eut aimé trouver les mots pour atteindre son orgueil ! Au lieu de cela, elle restait piteusement assise, sans parvenir à esquisser un geste, ni à prononcer la moindre parole.

Sans paraître remarquer sa détresse, il continua de plus belle.

— Nous sommes attirés l'un par l'autre. A quoi bon le nier ? De bons moments ensemble, la fin de tes problèmes d'argent, et une nounou pour les jumeaux ! Que dis-tu de mon idée ?

Peu à peu, elle parvint à recouvrer ses esprits. Heureusement, sa colère était plus forte que son envie d'éclater en sanglots. Elle réunit tout son courage et se planta devant lui pour enfin lui exprimer le fond de sa pensée.

— Pour commencer, je n'ai jamais eu besoin de personne pour subvenir à mes besoins.

— Carla, je ne voulais pas te blesser…

— Tu pensais pouvoir m'offrir un brillant avenir universitaire grâce à ce mariage ?

— Naturellement. En tant qu'époux je…

— Tais-toi ! hurla-t-elle en refusant de l'écouter plus longtemps.

Sans mesurer encore la profondeur de son ressentiment, il lui prit doucement la main.

— Je n'avais pas l'intention de te forcer à reprendre des études, si tu n'en as pas vraiment envie.

— Je suis ravie d'apprendre que tu me vois

comme une pauvre fille sans ressources et sans aspirations.

Elle retira ses doigts et recula d'un pas pour se placer hors de sa portée.

— Décidément, tu me connais bien mal !

Il laissa retomber son bras le long de son corps, visiblement très surpris par sa réaction.

— Carla, je ne comprends pas. Moi qui pensais te faire plaisir !

Ne mesurait-il ni l'absurdité ni la cruauté de sa proposition ? Pourquoi voulait-il l'épouser ? Pour satisfaire une attirance purement physique et trouver une mère de substitution à ses fils ? Espérait-il ainsi échapper à toute implication affective avec eux ? Plus grave encore, il méprisait tant son travail qu'il voulait l'envoyer à l'université. Sans doute que le métier de puéricultrice ne convenait pas au standing de sa future épouse !

— Je ne me marierai jamais avec toi, Max. Je n'en vois vraiment pas l'intérêt.

Elle déployait des efforts surhumains pour ne rien laisser paraître de sa déception.

— Je n'ai pas besoin de la sécurité matérielle que tu me proposes. Je n'ai pas envie d'une relation physique avec toi. Et même si j'aime profondément tes enfants, je ne suis pas prête à me sacrifier pour leur donner l'illusion d'une famille unie et d'un bonheur parfait. Là-dessus, je te souhaite une bonne nuit !

Désarmé, Max la vit sortir de la pièce en coup de vent et entendit ses pas précipités dans l'escalier. Quelle maladresse avait-il pu commettre pour susciter un tel déchaînement de haine ?

7.

— Es-tu devenue complètement folle ?

Max la rejoignit à grands pas devant la haie de rosiers et tenta sans succès de lui ôter le sécateur des mains.

— Le jardinage ne fait pas partie de tes attributions et la taille de ces arbustes n'est pas un jeu d'enfants.

Cette femme était une vraie calamité qu'il fallait surveiller comme le lait sur le feu. Les somptueux rosiers de Mountain Gem faisaient l'objet de soins quotidiens depuis des décennies et voilà qu'elle avait décidé ce matin de réduire à néant des années de travail !

— Cela ne fait pas partie de mes attributions ? répéta-t-elle sans s'émouvoir. Quelle importance puisque je ne suis pas de service aujourd'hui !

Une soudaine inquiétude s'empara de Max.

— Que veux-tu dire au juste ? Tu n'as pas l'intention de déserter ton poste ?

— Pour la journée, seulement. J'ai besoin de quelques heures de détente pour me remettre de la soirée d'hier. De toute façon, il faudra bien que tu songes à me remplacer un jour ou l'autre.

Le fiasco de leur dernière discussion restait pour Max un véritable mystère. Il y avait réfléchi une bonne partie de la nuit sans parvenir à comprendre comment une proposition aussi honnête avait pu recueillir une telle hostilité. Elle l'avait repoussée de la manière la plus brutale qui soit et il avait bien du mal à refouler son amertume. Depuis son arrivée à Mountain Gem, Carla s'appliquait à le piéger. En très peu de temps, elle avait gagné l'affection des jumeaux. Ils tenaient aujourd'hui tant à elle qu'il eut été cruel de la renvoyer. De son côté, elle ne pouvait pas boucler ses valises et disparaître du jour au lendemain. Cela, Max avait bien l'intention de le lui faire entendre.

— Tu n'as pas le droit de prendre tes cliques et tes claques et de partir sans regarder ce que tu laisses derrière toi !

Les paroles de Max attisèrent la colère qui couvait sous les braises dans le cœur de Carla.

— Etant donné l'accueil que tu m'as réservé le jour

de mon arrivée, étant donné la manière grossière dont tu t'es comporté avec moi, et étant donné ce qui s'est passé hier soir, je ne peux décemment pas rester plus…

— Il ne s'est rien passé d'irréversible hier soir. Je t'ai fait une proposition, tu l'as refusée, point final.

Il savait que son ton coupant et autoritaire pouvait s'apparenter à une parfaite indifférence. Pourtant, son agressivité n'était qu'une façade. Le rejet de Carla l'avait brisé. Pour la première fois de sa vie, il avait demandé une femme en mariage, lui qui s'était cru pendant longtemps incapable de franchir ce pas. Et voilà qu'on lui opposait le refus le plus cinglant de toute son existence ! Il était anéanti et confronté à une situation de plus en plus complexe. Dans quel état d'esprit pouvaient-ils désormais, l'un comme l'autre, envisager de vivre sous le même toit ?

Il se refusa cependant à l'admettre devant elle.

— Mon idée était stupide, je le reconnais. Mais nous n'allons pas ergoter pendant des jours sur cette maladresse. Il faut aller de l'avant. J'ai toujours cru que le bien-être des garçons était ta principale préoccupation. Comme ils se sont beaucoup attachés à toi, il est préférable que tu restes. Mais peut-être as-tu changé d'avis à leur sujet ?

— Bien sûr que non ! répondit-elle sans l'ombre

d'une hésitation. Quoi qu'il arrive, j'agirai toujours dans leur seul intérêt.

Elle coupa une tige d'un coup de sécateur et fit mine de s'absorber dans sa tâche pour se donner le temps de réfléchir.

— Tu as raison, reprit-elle enfin. Ton idée était stupide et dénuée de sens. Si tu es capable d'oublier cet incident, j'essaierai d'en faire autant.

— Soit !

La mort dans l'âme, il renonçait à son désir de l'épouser, mais au moins le bien-être des jumeaux était-il préservé. Dans quelques jours, il aurait surmonté sa déception. Peu à peu, la présence de Carla lui permettrait de s'investir de nouveau dans son travail et de reprendre le cours normal de son existence. Il eut cependant besoin d'être rassuré sur les intentions de la jeune femme.

— Tu acceptes de devenir la nounou permanente de mes enfants et de rester auprès de nous ?

— Je resterai aussi longtemps que les choses entre nous demeureront claires, répondit-elle d'un ton formel et très distant.

Tous deux ressentaient la nécessité de voir glisser la conversation sur un terrain exclusivement professionnel.

— J'attends de toi une conduite irréprochable,

déclara Max. D'ailleurs, pourquoi as-tu laissé les jumeaux sans surveillance alors que je n'étais pas encore levé ? Ils auraient pu faire un tas de bêtises.

— Comme, par exemple, entrer dans ta chambre et te couvrir de baisers ?

Il feignit de ne pas comprendre le reproche implicite contenu dans sa question.

— J'ai besoin de savoir qu'ils sont en sécurité lorsqu'ils sont sous ta responsabilité.

— Vraiment ? Max, aucune employée n'accepterait de travailler vingt-quatre heures sur vingt-quatre. Et puis surtout…

Elle osa pour la première fois affronter pleinement son regard.

— Tu dois apprendre à accorder plus de temps à Jake et à Josh. Ce matin, j'ai simplement essayé de provoquer un de ces moments privilégiés dont ils ont tant besoin.

Et voilà qu'elle s'immisçait de nouveau dans ses relations avec ses fils ! Il soupira bruyamment.

— Carla, je te demande une fois de plus de te cantonner à ton rôle de baby-sitter. Je t'en supplie, cesse de massacrer mes rosiers, et surtout de me dicter ma conduite !

— Comme tu voudras ! fit-elle en lui laissant tomber le sécateur dans les mains. Nous voilà donc rendus à des considérations purement professionnelles ! As-tu jamais entendu parler des jours de congés accordés au petit personnel ?

Max fronça les sourcils. Il s'attendait à bien des griefs, mais pas à celui-là.

— Jour de congé ! répéta-t-elle un peu plus fort, comme pour le réveiller de sa torpeur. Tu connais le concept ? Une journée de temps libre accordée à une baby-sitter qui ne peut décemment s'occuper de deux enfants de quatre ans vingt-quatre heures sur vingt-quatre, tous les jours de la semaine !

L'insolence moqueuse déplut foncièrement à Max.

— Alors, comme ça, et sans aucune concertation préalable, tu as décrété que tu étais en congé aujourd'hui ?

— Exactement !

Il se passa la main dans les cheveux en se demandant quelle attitude adopter. Depuis quelques minutes, il n'arrivait plus à arracher les yeux de son décolleté. Si au moins elle renonçait à ses tenues affriolantes, il aurait les idées un peu plus claires en sa présence !

— Carla, je suis désolé d'avoir ainsi abusé de ton temps. Bien sûr que tu as droit à des jours de repos ! J'aurais simplement préféré…

— Ravie de te l'entendre dire !

— Je te prie de m'excuser. J'ai été quelque peu…

Perturbé ? Distrait par le désir irrépressible qu'il éprouvait pour elle et qu'il n'osait s'avouer ?

— J'avais l'esprit ailleurs, reprit-il. J'ai tout simplement oublié. Mais nous pouvons monter dans mon bureau et régler tous les détails de ton contrat immédiatement.

— Ce n'est pas nécessaire ! déclara-t-elle comme si le sujet avait brusquement cessé de l'intéresser. Pas besoin de formalités entre nous ! Maintenant que nous avons abordé la question, je suis sûre que tu veilleras à l'avenir à m'accorder des moments de détente.

— Oui… euh… bien entendu… Merci en tout cas d'avoir été patiente jusqu'à présent.

Derrière ces paroles de pure politesse, Max dissimulait une réelle contrariété. Une fois de plus, Carla remportait la partie. Insidieusement, elle l'avait placé dans une position d'infériorité et l'avait même contraint à lui présenter des excuses.

— Je vais passer une journée formidable ! s'écria-t-elle, visiblement à mille lieues de ses préoccupations. Brent doit passer me chercher. Nous avons prévu une promenade, tous les deux.

Il secoua la tête d'un air faussement désolé.

— Désolé, mais vous allez être obligés de remettre

à plus tard ces fabuleux projets. J'ai chargé Brent d'un certain nombre de courses en ville.

« Et si j'avais su qu'il comptait sortir avec la nounou de mes enfants, je l'aurais envoyé à l'autre bout du pays », ajouta-t-il en son for intérieur.

— Et voilà que tu récidives ! Je vais finir par croire que tu le fais exprès ! Brent ne travaille pas, aujourd'hui. Il est de repos, comme tous les samedis.

— Je suis navré, cela m'était effectivement sorti de l'esprit.

Les apparences jouaient très nettement contre lui. Pourtant, il n'avait pas pour habitude d'abuser ainsi de la gentillesse de son personnel. Il cherchait les mots pour s'en défendre auprès de Carla, mais l'arrivée du jardinier l'empêcha de le faire.

— Passe une bonne journée ! lui cria-t-elle avant de courir s'installer dans la voiture de Brent.

Pris au dépourvu, Max la regarda s'éloigner en serrant le poing dans sa poche. Une fois de plus, le contrôle de la situation lui échappait. Il n'avait plus qu'à renoncer à ses projets pour s'occuper de ses enfants.

Heureusement, la journée se déroula sans encombre. Ravis de retenir toute l'attention de leur père, Jake et Josh se montrèrent délicieux. Ils passèrent une bonne partie de la matinée à jouer dans le bac à sable et, à l'heure du déjeuner, se régalèrent de deux énormes pizzas. Après la sieste, Max leur fit découvrir pour la première fois les merveilles de la propriété qui, un jour, leur reviendrait de droit. Ils grimpèrent dans les arbres, goûtèrent aux fruits des vergers et se plurent à courir dans le vallon verdoyant qui bordait le ruisseau. Leur père comptait bien leur apprendre à aimer cette terre où il avait grandi. Rentrés à la maison, ils s'attardèrent un long moment dans leur bain, dînèrent dans la bonne humeur et acceptèrent de se coucher sans protester.

Max était ravi de constater qu'ils s'étaient accoutumés à leur nouvel environnement. L'agitation et le désordre provoqués par leur arrivée à Mountain Gem n'étaient plus qu'un mauvais souvenir. Aujourd'hui, la corvée qu'il redoutait s'était transformée en partie de plaisir. Tout naturellement, ses pensées retournèrent à Carla. Devait-il remercier la jeune femme pour cette transformation ? Bien décidé à le faire, il se servit un verre de whisky et attendit son retour dans le salon.

Les heures s'écoulèrent lentement quand enfin, à plus de minuit, une voiture s'arrêta devant le perron. Il se leva pour accueillir Carla dans le hall. Sa bonne humeur s'était depuis longtemps envolée. L'attente avait été longue et il avait bien l'intention de le lui faire comprendre.

— On dirait que tu t'es bien amusée ? lança-t-il d'un ton chargé de reproche.

Elle resta figée dans l'encadrement de la porte et se soumit à l'examen inquisiteur de son regard qui détaillait avec fascination la transformation de son apparence. Ses cheveux, parfaitement coiffés, étaient remontés au-dessus de sa tête, en un chignon extrêmement sophistiqué. Une robe de mousseline remplaçait la tunique indienne qu'elle portait le matin et elle avait troqué ses bottes en caoutchouc contre une paire d'escarpins. Elle était tout simplement rayonnante. Si rayonnante même qu'une pensée fort désagréable traversa l'esprit de Max. Etait-ce la compagnie de Brent qui l'avait à ce point métamorphosée ? L'idée lui parut aussitôt ridicule. Un gamin de son âge ne pouvait retenir l'attention de Carla. Quoique, tout bien réfléchi, elle n'était pas de beaucoup son aînée...

— Surtout, ne t'inquiète pas ! fit-elle en pénétrant enfin dans le hall. Je serai fraîche et dispose demain matin pour m'occuper des enfants.

Elle ôta une de ses chaussures tout en s'appuyant contre le mur et se pencha en avant pour se masser la plante du pied.

— Je récupère très vite de la fatigue et du manque de sommeil. Je suis jeune, tu sais.

Prenait-elle un malin plaisir à le provoquer ? Fou de rage, Max ne parvenait plus à prononcer un seul mot. Dans un mouvement qu'il trouva très sensuel, elle inclina la tête sur le côté.

— A propos, pourquoi es-tu encore debout à cette heure ? Les garçons vont bien ? Ils ont été sages ?

— Oui, ils vont bien, grommela-t-il. Oui, ils ont été sages.

Il n'était pas certain quant à lui de le rester très longtemps.

— Ne me dis pas que tu es resté éveillé dans le seul but de surveiller l'heure de mon retour ?

L'idée venait tout juste de l'effleurer, mais elle lui déplaisait souverainement. Elle renfila son escarpin et le défia d'un regard irrité.

— Je n'aime pas beaucoup que l'on m'espionne. De quel droit le fais-tu ?

— Je suis le père des deux enfants dont tu as la responsabilité. Dois-je te le rappeler ? Il est tout à fait légitime que je m'interroge sur ton emploi du temps.

Tout à la fois contrariée et amusée, Carla accepta de répondre à sa curiosité.

— J'ai passé une journée merveilleuse. La sœur

de Brent est apprentie coiffeuse. J'ai accepté de lui servir de modèle. C'est elle qui m'a coiffée. Ensuite, Brent a bien voulu m'accompagner dans les boutiques de la galerie marchande. Ce garçon a une patience d'ange. J'ai acheté une robe et des chaussures qui pour l'instant me font un mal de chien. Puis nous avons parlé de choses et d'autres…

Elle sourit de contentement.

— C'est un jeune homme sérieux et absolument charmant.

Si elle croyait exciter sa jalousie en minaudant de la sorte, elle se trompait lourdement.

— Et en sa compagnie, tu as perdu la notion du temps et le sens de tes responsabilités.

Comme il s'approchait d'un air légèrement menaçant, elle fit un pas en arrière.

— Mais c'est dans ta nature, n'est-ce pas ? poursuivit-il en avançant de plus belle. Tu n'en fais qu'à ta tête, sans jamais te soucier des autres.

— J'ai passé la journée avec un ami. Ce n'est pas un crime.

Le mur l'empêcha de reculer davantage et elle leva sur lui un regard vibrant de colère. Leurs lèvres étaient si proches que Max pouvait sentir son souffle contre sa joue. En proie à une immense frustration, il ne put contenir plus longtemps son agressivité.

— La vie ne t'a rien appris. Tu ne seras jamais qu'une gamine inconsciente et égoïste !

— Et toi un vieux garçon autoritaire et arrogant !

— Tu es tellement préoccupée par ta petite personne que tu te moques éperdument des autres.

Carla laissa échapper un petit rire sarcastique.

— Regarde-toi un peu en face avant de juger les autres !

Il posa les deux mains contre le mur et l'emprisonna dans le cercle formé par ses bras.

— Il m'arrive de me montrer autoritaire et parfois même arrogant, comme tu le prétends. Mais au moins, j'assume mes responsabilités et je ne passe pas mon temps à fuir devant la réalité !

— J'en ai assez de tes accusations ! Qui t'a donné un droit de regard sur ma vie ? Voilà bientôt dix ans que tu critiques mes moindres faits et gestes ! Pour qui te prends-tu au juste, Max Saunders ?

— J'ai toujours essayé de te conseiller, Carla. De te guider pour t'aider à te construire un avenir. Tu ne m'as jamais laissé faire.

— Pourquoi aurais-je écouté un homme qui m'avait détestée au premier regard ? Je faisais tache dans ton petit monde respectable. Tu n'as jamais voulu de moi, ni dans ta maison, ni dans ta vie.

— C'est vrai que tu m'agaçais prodigieusement. J'en ignore encore la raison.

— Pourquoi parles-tu au passé ? Tu ne me supportes pas davantage aujourd'hui. Et puis, il y a autre chose…

Des années de frustration remontèrent brusquement à la surface et Max abandonna toute retenue.

— Oh oui, Carla, il y a bien autre chose !

Enivré par son parfum, il prit possession de ses lèvres comme s'il s'agissait pour lui d'une question de vie ou de mort. Carla ne lui opposa aucune résistance. Terrassée par un désir tout aussi irrépressible, elle rejeta la tête en arrière pour offrir généreusement sa gorge à ses baisers.

— Tu en rêvais toi aussi, murmura-t-il d'une voix rauque. Tu en avais besoin, autant que moi.

Max aurait mieux fait de se taire. Quand elle comprit le sens de ses paroles, la jeune femme se figea. Quelques mèches désordonnées s'échappaient de son chignon défait. Ses yeux brillaient d'une lueur où se mêlaient la colère et la honte. Elle le repoussa avec force et l'obligea à reculer d'un pas.

— Laisse-moi ! J'en ai assez de toi ! Tu crois tout connaître de moi, mais tu ne sais absolument rien !

Et sur ces mots, elle tourna les talons et disparut en direction de sa chambre.

8.

Un hurlement haut perché déchira le silence de la nuit. Carla sortait de son lit quand un second cri parvint à ses oreilles. Elle traversa le couloir en courant et entra dans la chambre des garçons qui pleuraient tous les deux à chaudes larmes. Dehors, le vent secouait violemment les branches des arbres. Les fenêtres de la véranda claquaient à grand fracas. Les tempêtes étaient fréquentes à Mountain Gem. Quand elle était plus jeune, la jeune femme les redoutait à chacune de ses visites. La peur que ressentaient aujourd'hui les jumeaux était bien naturelle. Jake se tenait droit sur son lit, les yeux écarquillés de terreur, le visage livide. Josh gémissait d'une petite voix tremblante.

— Que se passe-t-il ? demanda Max en faisait à son tour irruption dans la pièce.

— Rien de grave. Le sifflement du vent a dû les réveiller.

Carla s'assit près de Jake et le hissa sur ses genoux.

L'enfant blottit son petit corps tremblant contre le sien.

— Il est terrifié, poursuit-elle.

Dans le même temps, Max avait soulevé le petit Josh entre ses bras. Il fit un mouvement de tête en direction de la fenêtre.

— Ces bourrasques sont effroyables pour qui n'en a pas l'habitude. Il faut trouver un moyen de les calmer.

La jeune femme appela les deux petits garçons avec douceur dans l'espoir de capter leurs regards. Mais ils gardèrent tous deux la tête baissée.

— Je sais que le vent fait beaucoup de bruit, mais il ne faut pas avoir peur. Nous sommes parfaitement en sécurité dans la maison.

Ses paroles restèrent sans effet sur les garçons et ils se mirent à hurler de plus belle. Carla essaya de réfléchir pour trouver un moyen de les rassurer, mais son esprit était engourdi par le manque de sommeil. Quelle heure était-il ? 2 heures, peut-être 3 ? Elle venait tout juste de s'assoupir quand les cris l'avaient brusquement réveillée. Le souvenir du baiser de Max était encore sur ses lèvres et la confusion de ses sentiments embrouillait ses pensées. Quelle attitude devait-elle adopter ? Face aux sanglots des enfants, elle se sentait tout aussi concernée qu'une mère. Pourtant, elle ne devait pas se laisser déborder par ses sentiments. Les enfants de Max n'étaient pas les siens.

La fenêtre de la chambre s'ouvrit brusquement et une rafale de vent glacé s'engouffra dans la pièce. Max reposa Josh sur le lit de son frère et s'empressa de refermer les deux battants. Puis il vint s'agenouiller près de ses enfants et leur caressa doucement le visage.

— Calmez-vous, tout va bien ! Vous n'avez rien à craindre, puisque je suis là pour vous protéger.

Une réelle compassion se lisait sur ses traits. Carla en fut profondément émue. Plus le temps passait, plus ses sentiments paternels apparaissaient au grand jour. Elle avait eu tort de penser qu'il ne ferait jamais un bon père pour ses enfants. Sous le masque impassible, se cachait un homme attentionné et sensible. Avait-elle commis une autre erreur en refusant sa demande en mariage ?

Les jumeaux sanglotaient toujours et leurs petits corps étaient secoués de spasmes nerveux. Carla et Max les berçaient doucement, mais rien ne semblait pouvoir les calmer. La propriété était située dans une vallée particulièrement exposée aux intempéries. Au matin, la tempête ne serait plus qu'un mauvais souvenir. Le ciel serait dégagé et rien ne laisserait supposer qu'un ouragan avait fait rage au beau milieu de la nuit. Mais cela, les enfants l'ignoraient.

— Mon lit !

Carla avait enfin une idée.

— Mes chéris, ma chambre est la plus abritée de toute la maison. Si vous venez dans mon lit, vous n'aurez plus rien à craindre.

Jake acquiesça. Josh ne répondit pas, mais il cessa de se tortiller dans les bras de son père. Entrevoyant une issue à la crise, les deux adultes s'empressèrent de gagner l'autre pièce. Mais, lorsque Carla eut gentiment glissé l'un des garçons entre ses draps, il recommença à pleurer.

— Je veux pas rester tout seul ! Je veux dormir avec toi !

— D'accord, mon petit ange !

Dès qu'elle se fut allongée près de lui, il se blottit contre sa poitrine, comme il l'eut fait avec sa propre mère. Souvent, dans ces moments d'intimité où les enfants lui manifestaient tout leur attachement, Carla sentait sa gorge se serrer à l'idée que jamais elle ne connaîtrait les joies de la maternité. Elle avait traversé les mêmes épreuves et connu les mêmes expériences que les jeunes femmes de son âge. Pourtant, la stérilité dont la nature l'avait accablée la rendait différente.

Les quelques jours passés auprès de Max et de ses enfants avaient ravivé ses souffrances.

Cependant, Josh n'avait pas cessé de pleurer.

— Tu ne veux pas aller rejoindre ton frère dans le lit de Carla ? murmura doucement son père contre son oreille. Tu préfères venir dans ma chambre ?

— Non ! hurla l'enfant en recommençant à gesticuler.

— Que veux-tu, alors ?

— Tout le monde dans le lit ! Moi et Jake et Carla et papa !

Le regard prudent et réservé de Max chercha discrètement celui de la jeune femme. Allait-elle accepter de se plier au désir de Josh ? Après une brève hésitation, elle rejeta les couvertures pour leur faire une place.

— Allez, venez ! Tous les quatre ensemble, nous n'aurons plus peur de rien !

Josh s'enfonça dans le lit moelleux et Max prit place avec raideur à son côté.

— Tu es sûre que cela ne te dérange pas ? demanda-t-il poliment à l'intention de Carla.

— Je ne peux pas dire que cette solution me ravisse, mais puisqu'il n'y en a pas d'autre…

La réponse était claire. Si elle le tolérait dans son lit, c'était uniquement pour le bien-être de ses enfants.

110

Il acquiesça d'un air entendu.

— Très franchement, je ne suis pas enchanté moi non plus.

Carla se sentit offensée. Si la seule idée de partager son lit lui était si désagréable, pourquoi donc l'avait-il demandée en mariage ? Pour satisfaire un désir purement physique. Rien de plus. Elle aurait dû s'en tenir à cette évidence, et ne pas se laisser aller à des rêves stupides. Il était incapable de lui apporter l'amour et le bonheur d'une famille unie. Jamais il ne s'engageait dans une relation sérieuse avec une femme. Elle se promit de ne plus l'oublier à l'avenir.

Max installa son fils dans une position confortable.

— Quand ils dormiront, je retournerai dans ma chambre.

Après une demi-heure de violence inouïe, la tempête perdit peu à peu de son intensité. Epuisés et rassurés, les garçons tombèrent dans un profond sommeil. Carla tenta de rester éveillée pour guetter le départ de Max, mais la fatigue accumulée depuis le matin alourdit ses paupières et elle s'endormit à son tour.

Le lendemain matin, elle fut réveillée par les sonorités aiguës d'un dessin animé. Mêlés au bruit de la télévision, des rires d'enfants provenaient du salon. Apparemment, les petits avaient déjà oublié leur frayeur de la veille. Tandis que les vapeurs du sommeil s'évanouissaient peu à peu, Carla éprouva une profonde sérénité. Dans la tiédeur de son lit, elle se sentait étonnamment détendue et apaisée. Elle s'étira avec bonheur jusqu'au moment où ses doigts entrèrent en contact avec une matière inattendue, dont le toucher ne s'apparentait ni à un drap, ni à une taie oreiller. La matière en question était humaine. Et le tissu qu'elle ressentait sous sa paume n'était autre que l'épiderme d'une poitrine qui se soulevait et s'abaissait paisiblement sous sa main. Avant de s'en offusquer, elle goûta un instant au délice de ce réveil inattendu.

Max était resté dans son lit. Ce n'était pas sur son oreiller que reposait la tête de Carla quelques minutes auparavant, mais sur le torse nu du maître de maison. Leurs deux corps étaient étroitement enlacés. Très vite, la béatitude céda le pas à la panique. Ouvrant grands les yeux, elle tenta d'apprécier la position exacte dans laquelle ils se trouvaient. Elle était allongée contre Max, les épaules emprisonnées par l'un de ses bras. Quand elle remua doucement pour essayer de se libérer, il grogna dans son sommeil et resserra un peu plus son étreinte.

Carla osait à peine respirer. Ils se trouvaient dans la posture de deux amants se réveillant après une longue nuit d'amour. Une de ses jambes était même immobilisée entre celles de Max. Il fallait remédier immédiatement à la situation, quitter cette position compromettante avant qu'il ne se réveille. Elle appuya doucement sur sa poitrine pour le repousser. Mais il dormait d'un sommeil si lourd que sa timide tentative resta sans effet. Elle abaissa les paupières dans un soupir, partagée entre le désir de goûter encore au plaisir de son étreinte et la nécessité absolue de s'en libérer.

— Bonjour !

La voix espiègle de Max la fit brusquement sursauter.

— Je vois que tu t'es décidée à me rejoindre de ce côté du lit ! poursuivit-il sans vergogne.

— Absolument pas !

Les paroles de Max étaient pourtant très proches de la réalité. Il était resté sagement sur le côté tandis que, peu à peu, elle avait envahi son espace. Elle essaya une nouvelle fois de s'éloigner, mais il refusa de desserrer son bras.

— Tu n'as rien à faire ici ! s'indigna-t-elle. Tu étais censé retourner dans ta chambre pendant la nuit.

— Je sais tout cela. Je me suis assoupi un peu

113

trop vite, c'est tout. Il n'y a pas de quoi en faire un drame !

Sa nonchalance était exaspérante. Folle de rage, elle parvint à se dégager d'un seul coup et se jeta à l'autre extrémité du lit.

— Eh bien, tu peux partir maintenant ! J'ai besoin de prendre une douche et il faut s'occuper des enfants. Ils ont pris l'initiative d'allumer la télévision. Je n'aime pas les laisser sans surveillance devant le petit écran.

— Ne crains rien ! J'ai déjà regardé cette émission avec eux. Nous sommes tranquilles. Il n'y a pas de danger.

Il ne semblait pas du tout disposé à se lever, ce qui embarrassait Carla au plus haut point. Elle n'avait ni envie de s'exhiber en tenue légère devant lui, ni de rester allongée à son côté. Cette trop grande intimité lui mettait en tête des idées bien peu raisonnables et elle craignait de s'abandonner à des élans qu'elle risquait fort de regretter. Comme il examinait avec un peu trop d'insistance les formes de sa silhouette, elle remonta le drap jusqu'à son menton.

— Depuis combien de temps es-tu réveillé ? demanda-t-elle pour meubler le silence.

Les lèvres de Max se détendirent en un léger sourire.

— Assez longtemps pour t'avoir vue passer du monde des rêves à la réalité.

— Qu'as-tu vu d'autre encore ?

— Pourquoi ces questions ? Craindrais-tu de m'avoir montré un peu trop d'affection pendant ton sommeil ? Je dois avouer que tu étais littéralement collée à moi.

— Je ne l'ai pas fait intentionnellement. Je dormais.

Il s'amusait visiblement beaucoup.

— Ou peut-être as-tu peur d'avoir laissé échapper quelques paroles compromettantes ?

C'était exactement ce qu'elle redoutait. Lui avait-elle révélé ses secrets ? Avait-elle exprimé à haute voix les sentiments qu'elle lui dissimulait tant bien que mal pendant la journée ?

— Sors de mon lit immédiatement ! ordonna-t-elle.

Max repoussa la couverture. Le sourire malicieux qu'il affichait quelques instants auparavant avait disparu de son visage. Il semblait soudain plus tendu.

— Tu réagirais sans doute autrement si Brent était là, à ma place.

— Absolument pas !

Il lui prêtait des intentions totalement absurdes.

— Ma relation avec Brent n'a rien de comparable avec celle que j'entretiens avec toi.

— Je vois.

Mais il ne voyait rien du tout.

— Rien de comparable, c'est bien ce que tu dis ?

— Rien.

Carla ne comprenait pas pourquoi il s'entêtait et avait hâte de le voir sortir de sa chambre.

— Eh bien, voyons si j'arrive à te faire changer d'avis !

Joignant le geste à la parole, il roula jusqu'à elle, lui emprisonna les poignets au-dessus de la tête et prit furieusement possession de sa bouche. L'irrésistible attrait du corps puissant qui se pressait contre le sien eut raison des dernières réticences de Carla. Vaincue, elle s'abandonna à ses baisers et vacilla tout entière sous le vertige de ses caresses. Ses bonnes résolutions envolées, elle était prête à se donner entièrement à lui, quitte à le regretter jusqu'à la fin de ses jours.

Leur étreinte approchait du point de non-retour quand une petite voix aiguë s'éleva du salon.

— Papa, j'ai faim !

Max ferma les yeux un instant et tenta d'apaiser sa respiration haletante.

— Je vais leur préparer leur petit déjeuner, les installer devant un film, et je reviens !

Il parlait d'une voix basse, contenue, qui laissait percevoir toute sa frustration. Cependant, Carla avait recouvré ses esprits. Les enfants venaient de l'empêcher de commettre la plus grosse erreur de sa vie. Avec toute la détermination dont elle était capable, elle décida de mettre un terme à cette folie.

— Je t'en prie, Max, restons-en là ! Ne sommes-nous pas deux adultes sensés ?

Le visage tendu à l'extrême, il s'écarta de la jeune femme et elle le vit marcher d'un pas lourd vers le fond de la pièce. La tenait-il pour responsable de la situation ? Il ne pouvait lui reprocher de souffler le chaud et le froid dans leur relation. Elle n'avait rien prémédité. Et si elle avait montré un peu trop d'affection dans son sommeil, lui seul était à blâmer pour l'étreinte passionnée qui avait suivi son réveil. Quant aux soupçons qu'il semblait nourrir à l'égard du jardinier, ils étaient totalement déplacés.

— Max, j'ignore quelle histoire tu t'es inventée au sujet de Brent, mais je crois bien que ton imagination te joue des tours. Si jeune et à peine sorti de l'école, me croirais-tu capable de…

— Occupe-toi des petits ! coupa-t-il sans même se retourner. Je vais faire ma toilette.

Et il claqua la porte derrière lui.

— Tu peux bien faire ce que tu veux, je m'en fiche et je m'en contrefiche ! hurla-t-elle en rejetant ses draps.

Puis, incapable de rester plus longtemps entre les quatre murs de sa chambre, elle enfila les premiers vêtements qui lui tombèrent sous la main et se dépêcha de rejoindre les jumeaux. Après les avoir lavés et habillés, elle les prit par la main et marqua une halte dans le couloir.

— J'emmène les garçons chez Yolanda pour le petit déjeuner ! cria-t-elle en direction de la salle de bains.

Se moquant éperdument de savoir si Max l'avait entendue, elle se précipita au rez-de-chaussée et sortit dans le jardin. Sa petite voiture démarra au quart de tour. Elle jeta un coup d'œil dans le rétroviseur, et ne voyant aucun signe de vie sur le perron, elle poussa un soupir de soulagement et démarra en trombe.

— Vous m'acceptez à votre table ?

Max avait passé un bon quart d'heure sous le jet glacé de la douche. Puis, à peine remis de ses émotions, il avait dû répondre à un appel téléphonique des plus contrariants.

— Puisque tu es là !

Carla désigna la chaise vide qui lui faisait face. Il s'installa et étala délibérément ses longues jambes sous la table. Prestement, elle replia les siennes dans un coin. Le plaisir infantile qu'il sembla éprouver dans la manœuvre rendit la jeune femme un peu plus irritable. Sans se départir du sourire qu'elle affichait à l'intention des enfants, elle lui décocha un regard assassin et lui proposa de passer sa commande.

— Non merci. J'ai déjà déjeuné.

Il n'avait qu'une envie : la prendre dans ses bras et la conduire loin d'ici. Le besoin irrationnel qu'il éprouvait de sa compagnie surpassait tous les autres. Ce matin encore, elle l'avait rejeté, causant en lui bien plus qu'un simple sentiment de frustration. Il se sentait offensé et trahi. Accordant un vague regard à ses enfants, il comprit que son humeur risquait de les effrayer. Il s'efforça de détendre l'atmosphère.

— Alors, elles sont bonnes ces crêpes, les garçons ?

— Oui, papa.

— Superbonnes !

— Tant mieux !

Ayant répondu poliment à leur père, ils replongèrent le nez dans leurs assiettes remplies de confiture et de sirop d'érable.

— Je dois partir sans délai pour Adelaïde, annonça-t-il soudain à l'intention de Carla.

— Pardon ?

Elle reposa doucement sa tasse de capuccino sur la table. Un filet de crème chantilly s'était déposé à la commissure de ses lèvres. Elle le lécha du bout de la langue sans remarquer à quel point ce geste anodin augmentait la fébrilité du pauvre Max. Alors que les jumeaux n'avaient pas encore achevé leur petit déjeuner, elle leur tendit un sac rempli de jouets et leur suggéra de sortir sur la terrasse du restaurant.

— Je viendrai vous chercher dans un moment, d'accord ?

Quand ils se furent éloignés, Max lui exposa les raisons de son départ.

— Le notaire de leur mère vient tout juste de m'appeler. Il faut que je règle un certain nombre de points avec lui. Cela ne prendra que deux jours, trois tout au plus.

— Oh… Je comprends… Et quand dois-tu partir ?

— Immédiatement. Mes valises sont déjà dans la voiture.

Elle approuva d'un signe de tête.

— Très bien. Je m'occuperai des jumeaux pendant ton absence.

— Carla, je suis navré de te prendre ainsi au dépourvu, mais je ne peux pas me soustraire à cette obligation. Si j'avais pu envoyer quelqu'un d'autre à ma place, je…

— Ne t'inquiète pas, Max, je comprends ! Tu dois partir, un point c'est tout.

Sans plus attendre, elle rejoignit les enfants sur la terrasse et les entraîna jusqu'à la voiture de leur père.

— Votre papa doit s'absenter pour quelque temps. Deux ou trois jours, pas plus. Embrassez-le, puis nous retournerons à la maison tous les trois !

Max se pencha et reçut deux énormes baisers bien sucrés sur la joue. Il n'avait pas plus envie de quitter ses deux fils que leur baby-sitter.

— Je vous appellerai.

— Comme tu voudras ! répondit Carla d'un ton neutre.

Qu'entendait-elle par là ? Qu'il pouvait tout aussi bien s'en passer ? Soucieux de dissimuler sa contrariété aux enfants, il leur adressa un geste de la main et s'installa au volant de sa voiture.

9.

Carla était au bord de la crise de nerfs. Depuis son arrivée à Mountain Gem, sa patience était mise à rude épreuve. Et s'il y avait un homme sur toute la planète qui ne méritait pas les attentions qu'elle avait prodiguées à ses fils, c'était bien Max Saunders. Le jour de son départ à Adelaïde, il avait l'air si malheureux qu'elle avait compati à sa douleur. Le fait de quitter les jumeaux semblait lui déchirer le cœur. Charitable, elle avait été sur le point de lui souffler des mots de réconfort. L'idée l'avait même effleurée de tout organiser pour l'accompagner avec les garçons.

Grâce à Dieu, elle s'en était abstenue. Et grâce à Dieu encore, elle n'avait pas complètement cédé à ses avances. Car le lendemain de son départ, une certaine Felicity avait sonné à la porte, sans avoir pris la peine d'annoncer sa visite. La seule évocation de son arrivée la faisait encore aujourd'hui sortir de ses gonds. Il faut dire que la très suffisante et très snob miss Danvers avait tout fait pour susciter son hostilité. Elle la revoyait encore se pavaner sur le perron, son attaché-case et son ordinateur portable extra-plat à la main, tandis qu'un chauffeur de taxi déchargeait ses bagages du coffre, alignant bravement sur le gravier de l'allée sept énormes pièces de voyage assorties.

— C'est sans importance ! s'était-elle écriée de sa voix haut perchée, en apprenant l'absence de Max. J'ai été surchargée de travail ces derniers temps. Quelques jours de repos me permettront d'être au meilleur de ma forme à son retour. Pour tout vous dire, cela ne pouvait pas mieux tomber !

Et elle avait renvoyé le taxi.

— Un abruti en uniforme m'a retiré mon permis de conduire sur la route du Pacifique, expliqua-t-elle comme si l'information revêtait une quelconque importance. On dirait que ces gens ne savent plus quoi inventer pour embêter le monde.

Sur ces mots, elle était entrée d'un pas confiant dans la maison, avant même d'y avoir été invitée. Déployant des efforts méritoires pour ne pas perdre son calme, Carla l'avait poliment interrogée sur le but de sa visite.

— Je suis venue pour faire le bonheur de Max Saunders. Un contrat alléchant dans la poche…

Puis, prenant une pause extrêmement coquette :

— Et aussi d'autres petites choses auxquelles il ne pourra pas résister. Enfin, vous voyez ce que je veux dire… Maintenant apportez-moi une tasse de thé, voulez-vous ? Et arrêtez de me bombarder de questions ! J'ai autre chose à faire que d'instruire le personnel de maison !

Un peu plus et Carla s'emparait de la lampe de l'entrée pour en briser la nuque de l'intruse. Quand elle lui avait expliqué qu'elle était une nourrice, et non une femme de chambre, Felicity avait poussé un soupir d'agacement en assurant que pour elle, cela ne faisait aucune différence.

— Soyez assez gentille pour préparer mon thé et monter mes bagages ! Je glisserai un mot à Max de votre dévouement à son retour.

Bravement, Carla avait exaucé sa première demande. Mais les valises étaient restées dehors jusqu'à ce que l'horrible pimbêche se fût enfin décidée à les monter elle-même. La présence de cette femme à Mountain Gem avait soudain rappelé à Carla la véritable nature de Max. Felicity, comme sans doute la plupart de ses innombrables conquêtes, était une caricature des femmes issues de la bonne société.

Et si cette héritière d'un véritable empire financier n'avait pas le temps *d'instruire le personnel de maison*, elle trouvait toujours un moment pour faire subir à Carla des interrogatoires interminables. Elle voulait tout connaître de Max. Son mode de vie, ses fréquentations, ses sorties, ses loisirs, et jusqu'à ses goûts culinaires. Quand elle apprit l'existence de ses deux fils, elle n'y accorda que très peu d'intérêt et afficha des mines exaspérées lorsque Carla prit un malin plaisir à lui décrire dans le détail les deux petits garçons. Elle ne cherchait pas à dissimuler le but ultime de sa visite : ayant jeté son dévolu sur Max, elle entendait le soumettre définitivement à sa volonté. Elle était convaincue d'arriver à ses fins et ne laisserait pas deux malheureux enfants contrecarrer ses plans.

Carla supportait sa présence avec tant de difficulté qu'elle passait le plus clair de son temps à l'extérieur de la maison avec les garçons, pendant que Felicity prenait ses aises à l'intérieur. Si les affaires de Max n'avaient pas été en jeu, elle l'aurait mise à la porte sans l'ombre d'une hésitation.

Ce jour-là, le temps était lourd et oppressant, comme l'atmosphère qui régnait à Mountain Gem depuis l'arrivée de l'odieuse miss Danvers. Carla avait installé ses petits protégés dans la véranda.

— Appuie sur le bouton rouge, Josh, et ouvre grands tes yeux !

Le visage du bambin s'illumina devant le spectacle de la locomotive qui s'élançait sur les rails du circuit électrique. Son frère était assis un peu plus loin, entouré des pièces d'un jeu de construction, perdu dans le petit monde imaginaire qu'il avait créé autour de lui.

« Si seulement je pouvais en faire autant », songeait la jeune femme. Le plus insupportable était qu'en dépit de son comportement d'enfant gâtée, elle ne pouvait s'empêcher d'admirer Felicity. L'héritière du clan Danvers n'avait pas que des défauts. Elle était brillante en affaires, savait se fixer des objectifs et se donnait le moyen de les atteindre. A ses côtés, Carla se sentait idiote et immature.

— Ah, je vous trouve enfin !

La voix aiguë et irritante de l'intruse vint troubler la tranquillité de la véranda.

— Et mon thé ? Vous l'avez encore oublié ?

Le poing serré au fond de sa poche, Carla entendit un moteur vrombir dans l'allée. Max était enfin de retour ! Le calvaire de son tête-à-tête avec Felicity arrivait enfin à son terme. Et le jeune homme serait si heureux de trouver sous son toit une partenaire consentante qu'il cesserait lui aussi de l'importuner.

— Votre père est rentré ! lança-t-elle joyeusement aux garçons.

Jake et Josh descendirent les marches de la véranda en courant, heureux d'accueillir le retour d'un allié à Mountain Gem. Max au moins ne leur serait pas hostile, comme la femme qui avait partagé leur intimité ces trois derniers jours. Déterminée à se cantonner dans son rôle d'employée, Carla les suivit d'un pas plus mesuré. Pour rien au monde elle ne laisserait deviner à Max les tourments où la plongeait la seule pensée de le voir succomber aux avances de Felicity.

Mais ses bonnes intentions fondirent comme neige au soleil et sa rancœur s'évanouit sous la chaleur du sourire qu'il lui offrit dès son premier regard. Les enfants criaient et sautaient autour de lui, mais il n'avait d'yeux que pour elle.

— Carla, tu m'as tellement manqué ! dit-il en s'approchant.

Elle recula d'un pas. Echaudée par ses mésaventures passées, elle s'efforçait de rester sur ses gardes.

— Tu as de la visite, Max.

Il fronça les sourcils

— De la visite ? Mais je n'attends personne.

— En es-tu vraiment sûr ?

Clara se retourna et le précéda sur les marches du perron.

— Je vais te donner quelques indices. Voix haut perchée, attaché-case et ongles manucurés. Papa vend des bijoux aux quatre coins du monde et…

— Felicity Danvers !

Il lui saisit le bras pour l'obliger à marquer une pause.

— Tu veux dire que Felicity Danvers est ici ?

— Exact. Depuis trois longues et pénibles journées !

Elle se dégagea pour reprendre sa marche.

— Sans vouloir abuser de mes prérogatives, je te demanderais de bien vouloir attendre que les enfants soient couchés avant de lui arracher sa minijupe.

Max blêmit d'un seul coup.

— Mais de quoi parles-tu ?

Ignorant sa question, elle appela les garçons et leur promit un bon bain plein de bulles.

— Votre père vous lira une histoire tout à l'heure. Enfin, s'il parvient à se libérer dix minutes des griffes de son invitée pour s'occuper de ses enfants chéris !

Avant qu'il ait eu le temps de répondre, la voix de l'intéressée s'éleva du salon.

128

— Max, très cher !

Outrageusement maquillée, Felicity se leva du canapé où elle avait pris une posture indolente et se dirigea vers Max pour se jeter dans ses bras. Carla poursuivit son chemin vers le premier étage. Elle n'avait aucune envie d'assister aux retrouvailles du beau Max et de sa milliardaire. Enfermée dans la salle de bains avec les enfants, elle essaya de se persuader qu'elle se moquait de la tournure des événements. En vérité, elle n'avait qu'une envie. Prendre ses jambes à son cou et s'enfuir loin d'ici. Mais elle ne pouvait quitter Mountain Gem avant de s'être assurée de l'avenir des jumeaux.

— Me direz-vous enfin ce que vous faites ici ?

Max repoussa la main que Felicity avait refermée sur son avant-bras. Depuis son arrivée, rien ne se passait comme il l'avait espéré. Carla était furieuse contre lui et il n'avait pas même eu le temps de serrer ses enfants dans ses bras.

— Disons que je suis venue en émissaire !

S'approchant un peu plus, elle rectifia le nœud de sa cravate avec infiniment de manières. Elle le couvait d'un regard chargé de sous-entendus, et Max détesta immédiatement son attitude.

Il s'éloigna avec raideur.

— Et quel genre d'émissaire ?

Felicity rejeta ses longs cheveux blonds en arrière et éclata d'un rire un peu trop appuyé.

— Un émissaire chargé des affaires de mon père, bien entendu. Si nos négociations se déroulent comme je le souhaite pendant les prochains jours, je serai alors en mesure de vous faire l'offre du siècle.

Il avait imaginé son retour à Mountain Gem d'une tout autre manière et n'avait pas la moindre envie de s'intéresser aux propositions du clan Danvers. La femme qui minaudait devant lui l'exaspérait au plus haut point et celle qu'il était si impatient de retrouver se trouvait à présent enfermée à l'étage avec ses fils.

N'avait-il pas tout fait pour lui prouver son amour ? Sa proposition en mariage ne signifiait donc rien pour elle ? Fallait-il qu'il s'ouvre les veines et qu'il lui abandonne toutes les parts de son entreprise ? Non, cela, c'était précisément ce que Felicity semblait attendre de lui.

— Max, mon chou, vous m'écoutez ?

Elle feignait une moue indignée.

— Oui, oui, je vous écoute !

Jamais il ne l'avait invitée sous son toit et sa présence lui était insupportable. L'entendre pérorer

130

sur les richesses de son patrimoine familial l'ennuyait au plus haut point.

— Vous parliez de la santé de vos affaires, je présume.

— Exactement !

Elle le gratifia d'un regard de félin.

— J'ai tant de choses à vous offrir, Max. Si le climat s'y prête, évidemment…

— Alors, faites-moi cette proposition mirifique ! Nous en discuterons tout de suite et vous pourrez disposer.

De quel droit avait-elle ainsi envahi son domicile ? Son impudence était sans limites. Si au moins Carla lui avait signalé sa présence, il aurait su à quoi s'attendre ! Le sourire malicieux de Felicity était plus éloquent que des mots. Elle était intimement persuadée de le tenir à sa merci. Max n'était pas loin de sortir de ses gonds. Il n'avait pas la tête à ces petits jeux ridicules.

— Alors, cette offre, quand vous déciderez-vous à la faire ?

Les jolis traits de l'héritière se crispèrent un instant. Puis elle secoua la tête et l'affligea d'un nouveau sourire.

— Comme vous êtes impatient, mon chou ! Je reviens d'un voyage éprouvant de quatre semaines et je travaille encore sur les détails de notre contrat. Si vous voulez obtenir une proposition ferme et définitive, vous devrez me supporter un peu plus longtemps.

Max soupesa rapidement la situation. Il n'y avait en réalité que deux possibilités. Soit il mettait Felicity à la porte et il perdait le marché, soit il la tolérait quelque temps sous son toit et il était certain de l'empocher. Mais était-il capable de la supporter seulement quelques heures sans perdre son sang-froid ?

— Votre père ne devait-il pas s'occuper de cette affaire ?

— Papa a décidé de prendre une retraite anticipée. Vous serez obligé de traiter avec moi, mais je vous assure que vous ne perdrez rien au change…

Entendant les rires étouffés des petits garçons qui pénétraient dans la pièce en tenant la main de de leur baby-sitter, elle trouva le moment idéal pour se lover entre ses bras. Sous le regard dégoûté de Carla, Max essaya de se dégager.

— Carla, s'il te plaît, il faut que je te parle !

Elle le dévisagea avec la plus grande répugnance.

— Tes fils se portent bien, si c'est cela que tu veux savoir. J'ai parfaitement rempli ma mission, malgré les éléments perturbateurs qui ont récemment envahi la maison.

Le jeune homme soupira d'impatience. Il aurait préféré se justifier à ses yeux, prendre le temps de lui expliquer la situation. Mais à quoi bon ? Comme à son habitude, Carla refuserait de l'écouter. Et après tout, la nature de sa relation avec Felicity ne la regardait pas.

— Très bien ! Je suis heureux d'apprendre que tout s'est bien passé en mon absence.

Max ne renonçait pas à se débarrasser de son hôte, mais la tâche se révéla plus ardue qu'il ne l'avait imaginé. Ne pouvant décemment la mettre dehors à la tombée de la nuit, il accepta de la garder chez lui jusqu'au lendemain. Mais le matin venu, Felicity sortit si tard de sa chambre qu'il ne trouva pas l'occasion de lui parler avant le déjeuner. En début d'après-midi, elle accepta de le suivre dans son bureau, mais elle l'accabla d'un flot de paroles sans rapport avec l'affaire qui les intéressait. Il avait beau tenter d'orienter la conversation vers le seul sujet qu'il entendait débattre avec elle, elle faisait mine de ne pas l'entendre, ou l'ignorait purement et simplement. Le pauvre Max avait le sentiment de se battre contre une armée de moulins à vent. Après ce premier entretien, interminable et parfaitement inutile, Felicity passa le reste de la journée à arpenter la maison de long en large, parlant haut et fort dans son téléphone portable, sans se soucier un instant de la gêne causée par ses allées et venues. Elle se comportait comme si elle était seule au monde et avait le don de se rendre insupportable.

Si l'irritation de Carla devenait plus compréhensible aux yeux de Max, il continuait à trouver sa mauvaise humeur exagérée. A chacune de leur rencontre, elle le fusillait du regard, lui demandait d'un ton lourd d'insinuations des nouvelles de sa milliardaire et disparaissait systématiquement dans une autre pièce avec les enfants. Excédé, il se réfugia dans son bureau pour y trouver un peu de calme, pendant que Felicity continuait son petit numéro tout autour de la maison. Pour le bien de tous, il devenait urgent d'éclaircir la situation. Mais comment faire sans froisser les susceptibilités exacerbées des deux femmes ? Bientôt, les pleurs et les cris des enfants vinrent troubler le fil de ses pensées. Jake et Josh n'avaient pas ainsi manifesté leur mécontentement depuis bien longtemps. Inquiet, il quitta son havre de paix et accourut dans le salon.

Assise au centre du tapis, Carla essayait patiemment de les occuper avec un jeu de cartes tandis que, du haut de son sofa préféré, Felicity considérait la scène avec un agacement teinté de mépris.

Max s'agenouilla près des jumeaux.

— Eh bien, que se passe-t-il ?

— Ils sont malades, répondit Carla. Ils ont dû s'enrhumer.

— Veux-tu que nous les conduisions chez le docteur ?

A la vérité, il n'avait pas la moindre idée de la manière dont il fallait soigner des enfants de leur âge.

— Je ne pense pas que cela servirait à grand-chose.

Pour la première fois depuis des jours, l'amertume avait fait place à la sollicitude dans la voix de la jeune femme.

— C'est un rhume banal. Il faut simplement surveiller leur température, leur donner du sirop contre la toux et les garder au chaud. Le médecin ne fera rien de plus. Il y a tout ce qu'il faut dans la pharmacie.

— Je t'aiderai à prendre soin d'eux.

Carla acquiesça en silence. Au moins était-elle prête à accepter son aide ! songea Max avec soulagement. Tandis qu'elle prenait les garçons sur ses genoux pour tenter de nouveau de les calmer, il l'observa avec tendresse. Elle lui avait beaucoup manqué pendant son voyage à Adélaïde et il tenait bien trop à elle pour la perdre à cause d'un simple malentendu. Jamais il n'aurait dû laisser planer le moindre doute sur sa relation avec Felicity. Il devait à tout prix trouver un moyen de lui parler avant la fin de la journée.

Mais ce jour-là, il ne parvint ni à chasser l'héritière de l'empire Danvers, ni à rétablir la vérité auprès de celle qu'il aimait. Après une nuit sans sommeil, passée au chevet des enfants, il demanda à Felicity si elle avait enfin réglé tous les détails de sa proposition. Une fois de plus, la réponse fut décevante. Et la situation perdura pendant les jours suivants, si bien qu'il commença à douter de trouver une issue favorable à la situation de crise qui perturbait la maisonnée. Incapable de livrer à l'intruse le fond de sa pensée, il consacra toute son énergie à soigner ses deux fils.

Felicity prenait tranquillement racine à Mountain Gem. Ayant remarqué l'attachement de Max pour sa baby-sitter, elle semblait même décidée à occuper le terrain pour ne pas en laisser une parcelle à sa rivale qu'elle poursuivait de ses regards haineux du matin jusqu'au soir. Conscient de son manège, Max ravalait sa colère pour demeurer courtois envers elle, mais il était à bout de nerfs et supportait de plus en plus mal les caprices et les exigences des deux enfants malades. Au terme d'une troisième nuit de veille, il ne put dissimuler plus longtemps sa fatigue.

— Je suis épuisé, Carla. Les enfants devaient commencer l'école aujourd'hui. Es-tu certaine que la directrice ne les accepterait pas ?

La jeune femme se raidit. Elle traversait elle aussi une bien pénible épreuve. En plus de la maladie des jumeaux, elle endurait sans mot dire l'outrecuidance de Felicity qui ne levait pas le petit doigt pour l'aider et prenait un malin plaisir à accaparer le maître de maison. Max avait fini par succomber au charme de la jeune héritière. Cela ne faisait plus l'ombre d'un doute. La manière dont elle s'accrochait sans cesse à son bras, pour lui susurrer mille choses à l'oreille était par trop éloquente. Carla n'était pas née de la dernière pluie et elle imaginait sans peine ce à quoi se livraient les deux tourtereaux derrière la porte fermée du bureau. Rien d'étonnant à ce qu'il eût envie de se débarrasser du fardeau de ses fils !

— Moi, je veux aller à l'école ! décréta Josh en tapant du pied. Je veux plus rester à la maison !

Carla le moucha pour la centième fois de la journée.

— Je sais que tu attends ce moment avec impatience, mon trésor, mais la directrice préfère que les enfants malades restent chez eux avec leurs microbes. Ils ne doivent pas contaminer leurs petits camarades. Tu t'en souviens ? Je te l'ai déjà expliqué tout à l'heure.

Et il était infiniment regrettable que Max ne l'ait pas entendue, lui non plus.

— Alors, je veux jouer dans le jardin !

— Mais il pleut à verse dehors ! soupira-t-elle, à bout de nerfs. Cela aussi, je te l'ai déjà dit !

— Les pauvres petits chéris ! s'indigna l'incontournable Felicity du haut de son canapé. Vous ne pouvez donc rien faire pour les soulager un moment ?

— Je fais tout ce que je peux ! marmonna Carla entre ses dents.

— Pourquoi ne les emmenez-vous pas au cinéma ? Ou bien dans une galerie marchande pour faire les magasins. Enfin, vous voyez, quelque chose de ce style…

Son désir de rester seule avec Max n'aurait pu s'exprimer de façon plus claire.

— Dans l'état où ils sont, je ne tiens pas particulièrement à les exposer à des courants d'air.

Sa colère menaçant d'exploser bruyamment, Carla prit la sage décision de monter les enfants dans leur

138

chambre. Elle refusait de les mêler à des querelles d'adultes.

— Venez, nous allons monter lire une histoire.

Max quitta le salon derrière elle et elle l'entendit s'enfermer à double tour dans son bureau. Abandonnée à son triste sort, Felicity fit la moue et se recroquevilla sur son canapé. A l'étage, les garçons réclamèrent à Carla l'histoire des *Trois petits cochons*. Malheureusement, le livre était resté au rez-de-chaussée. Après les avoir installés dans leur lit, elle retourna le chercher dans le salon.

— Encore vous ? s'étonna Felicity en la voyant pénétrer dans la pièce.

— Je suis navrée de vous importuner mais, voyez-vous, mon travail m'oblige parfois à me déplacer d'une pièce à une autre.

Carla se dirigea vers le coffre à jouets en espérant y trouver ce qu'elle cherchait pour s'éclipser au plus vite.

— Vous croyez vraiment tromper votre monde en faisant semblant de vous intéresser à ces deux petits morveux ?

La pique était si absurde et si injuste que Carla resta d'abord interloquée. Puis, elle se redressa lentement pour affronter le regard haineux de Felicity.

— J'ignore combien de temps encore nous aurons

à supporter votre présence, mais laissez-moi vous donner un conseil ! Jamais, vous m'entendez, plus jamais, je ne vous laisserai critiquer mon travail auprès des enfants !

Sans s'émouvoir, Felicity s'étira paresseusement au milieu de ses coussins.

— N'allez pas vous imaginez que vous veillerez encore longtemps sur les garçons de Max ! Vous partirez dès que j'aurai pris le contrôle de la situation.

— Je partirai quand le maître de maison n'aura plus besoin de mes services, corrigea Carla. Et permettez-moi de vous dire que vous vous faites des illusions au sujet de Max ! Il ne s'engage jamais longtemps avec une femme. Mais je ne vous apprends rien, n'est-ce pas ?

Tout en prononçant ces mots, Carla se mit à douter de ses propres certitudes. Et si Max avait finalement décidé de laisser Felicity Danvers entrer durablement dans sa vie ?

— C'est vous qui faites fausse route, très chère ! Elle se leva d'un bond pour venir se placer à quelques centimètres de Carla. Légèrement cambrée, une jambe gracieusement tendue vers l'avant et les mains posées sur les hanches, on aurait dit qu'elle posait pour un magazine de prêt-à-porter.

— Je sais très bien que vous êtes follement amou-

140

reuse de Max. Ça crève les yeux. Malheureusement pour vous, il se fiche éperdument de votre petite personne !

Carla sentit un nœud douloureux se former au fond de sa gorge. Que lui avait-il révélé de leur relation ? S'étaient-ils moqués ensemble de ses sentiments ? Avaient-ils ri de son désarroi ? Un silence glacial s'installa dans la pièce. Tout à sa détresse, elle ne remarqua même pas la petite silhouette qui remuait derrière elle.

— Vous ne savez rien de moi ni de ce que j'éprouve envers Max ! se défendit-elle enfin.

— Vraiment ?

Felicity la déshabilla de la tête aux pieds avec le plus grand mépris.

— Je peux lire dans vos pensées comme dans un livre ouvert. Vous êtes aussi transparente que l'air que je respire. Vos airs de sainte-nitouche ne changent rien à l'affaire, pas plus que ce petit stratagème ridicule qui consiste à vouloir le séduire par le biais de ses deux rejetons.

— Ce ne sont pas des rejetons ! Comment osez-vous parler d'eux de la sorte ! Ces enfants méritent toute l'affection que je leur porte !

La perfidie de son accusatrice était intolérable. Carla ne se contrôlait plus.

— Les fils de Max me procurent des joies que votre esprit mesquin est bien incapable d'imaginer. Et ce n'est certainement pas vous qui déciderez de m'en séparer !

La véhémence de ses paroles la surprit elle-même. Jamais elle n'avait osé s'avouer l'attachement profond qui la liait à ses deux protégés. L'idée de devoir un jour les quitter lui déchirait le cœur.

— Ma pauvre chérie, insista lourdement son interlocutrice. Vous croyez vraiment avoir voix au chapitre ? Dans peu de temps, Max me mangera dans la main et il exécutera chacun de mes désirs.

Au lieu de rester à l'écouter, Carla aurait dû tourner les talons sans lui laisser le temps de répandre son venin. Mais elle ne pouvait s'y résoudre.

— Et que fera-t-il exactement, quand vous l'aurez ensorcelé ?

— Il vous mettra à la porte pour commencer. Et les rejetons avec vous.

Felicity exultait. Elle avait une confiance absolument illimitée en ses pouvoirs.

— Il doit bien exister des maisons ou des pensionnats pour les enfants non désirés ! Je parviendrai sans mal à le convaincre de se débarrasser de ces mioches. Après tout, quelle femme voudrait garder des bâtards sous son toit ? Deux, qui plus est !

Felicity venait d'abattre un coup de maître. Terrifiée par le sort qui attendait peut-être les garçons, Carla se laissa tomber sur un fauteuil, vidée de toutes ses forces.

— Moi, je veux pas m'en aller !

— Pourquoi on va partir, papa ?

La jeune femme se retourna avec horreur. Les deux petits garçons se tenaient sur le seuil de la pièce, la mine déconfite et les yeux pleins de larmes. Ils avaient assisté à la scène et entendu toutes les horreurs que Felicity avait proférées sur leur compte. La porte du bureau était grande ouverte. Max se tenait derrière eux, les mains posées sur leurs épaules, dans une attitude protectrice.

— Jake, Josh, montez dans votre chambre, s'il vous plaît ! commanda-t-il avec douceur.

Inquiets, les deux bambins obéirent à contrecœur. Comme ils gravissaient les premières marches de l'escalier, Max se tourna vers Carla.

— Et toi, va les surveiller !

Son visage tendu ne laissait paraître aucun sentiment mais il était manifeste qu'il entendait restaurer son autorité de maître de maison. Ayant renvoyé la baby-sitter auprès des enfants, il prit Felicity par le bras et l'entraîna au-dehors. A peine quelques secondes plus tard, Carla entendit une portière de voiture claquer, puis une autre. Un bruit de moteur s'éleva du garage, puis le 4x4 disparut au bout de l'allée.

Pour Carla, le doute n'était plus permis. Elle savait désormais ce qui comptait le plus aux yeux de Max. Outré de l'inconvenance d'une nourrice irascible et jalouse, excédé par les caprices de deux enfants malades, il avait déserté son foyer pour goûter quelques moments de tranquillité avec une autre femme. Et à son retour, il se vengerait de celle qui avait osé insulter sa petite amie.

Le corps secoué de sanglots, Carla s'abandonna à son chagrin. Jamais elle n'avait lu autant de détermination dans le regard de Max. Et tout ce gâchis, à cause de cette ignoble Felicity !

10.

La colère a cela de particulier qu'elle est capable d'occulter tous les autres sentiments, ou du moins de les mettre entre parenthèses. Carla était dans cet état d'esprit quand, très tard dans la nuit, elle entendit enfin les pneus de la voiture de Max crisser sur le gravier de l'allée et s'engager dans le garage. Jamais, depuis son arrivée à Mountain Gem, elle n'avait été à ce point enragée.

Assommés par la fièvre et les médicaments, les jumeaux dormaient profondément. Avant de les coucher, elle les avait patiemment rassurés sur l'amour de leur père et sur leur avenir. Maintenant, c'était au tour de Max d'entendre ce qu'elle avait à dire. Qu'il eût ramené Felicity avec lui, qu'il eût ou non décidé de l'accepter dans sa vie, elle s'en moquait éperdument ! Ses choix ne changeraient rien au sermon qu'elle lui avait préparé. Le sort de ses fils était en jeu. Une sérieuse explication s'imposait et elle ne pouvait attendre une minute de plus.

Max devait prendre les bonnes décisions pour ses enfants, les garder auprès de lui et veiller quotidiennement à leur bien-être. Leur avenir passait avant le sien, et avant les caprices des femmes qu'il choisissait pour partager sa vie. S'il ne lui donnait pas des gages de bonne conduite, Carla partirait avec les garçons, loin de lui. Consciente de l'absurdité d'une telle hypothèse, elle refusa cependant de l'abandonner, car cette pensée lui donnait du courage pour l'affronter.

Parée à l'attaque, elle descendit au rez-de-chaussée d'un pas presque militaire, traversa la cuisine et la buanderie et en claqua violemment la porte derrière elle, plongeant le garage dans une quasi-obscurité. Elle avança à tâtons jusqu'à l'avant de la voiture, bien décidée à interpeller son chauffeur dès sa descente de véhicule. Quand Max ouvrit sa portière et s'extirpa de son siège, la faible lueur du plafonnier éclaira brièvement sa silhouette. Il devina sa présence, mais elle ne lui laissa pas le temps de s'en étonner.

— Si tu espères te débarrasser facilement de tes enfants, tu te fais des illusions ! lança-t-elle sans détour.

Sa voix tremblait de rage.

146

— Ils resteront ici, tu m'entends ? Ta milliardaire peut bien remuer ciel et terre pour t'en empêcher, tu t'occuperas d'eux dignement. Et si tu n'es pas assez courageux pour le faire, crois-moi, j'y veillerai !

Elle l'invectivait dans le noir en continuant à avancer, sans savoir avec précision où il se trouvait.

— Tu dois les garder près de toi, Max ! C'est ton devoir de père, Max ! Et tu ne peux pas…

Les bras puissants du jeune homme se refermèrent brusquement autour d'elle et elle eut beau gesticuler en tous sens pour tenter de se libérer, il la maintint fermement prisonnière contre lui.

— Carla, tu devrais te calmer un peu, suggéra-t-il d'un ton légèrement amusé. On dirait que la colère a quelque peu troublé ton esprit.

Il l'obligea à avancer jusqu'au fond du garage pour atteindre l'interrupteur. Mais la lumière soudaine et crue qui éclaira leurs deux visages ne suffit pas à apaiser l'emportement de la jeune femme.

— Jamais tu n'enverras les jumeaux dans un pensionnat ! Jamais, tu m'entends ? Je m'y opposerai de toutes mes forces. La vie pour eux n'a pas été facile jusqu'à présent. La disparition de leur mère est une tragédie dont ils souffriront encore longtemps. Si tu oses leur infliger plus de…

147

— Je t'en prie, reprends ton souffle et cesse de dire des bêtises !

— Ce ne sont pas des bêtises, Max. C'est de l'avenir de tes fils qu'il s'agit.

— Si tu acceptais de te taire rien qu'une seconde pour essayer de m'écouter...

Elle tenta de nouveau de s'arracher à ses bras, mais une fois encore il l'en empêcha. Ils étaient maintenant plaqués contre l'habitacle de la petite voiture, leurs deux corps tremblants collés l'un à l'autre.

— Au nom du ciel, calme-toi et fais un peu la part des choses ! On dirait que les souvenirs douloureux de ta propre enfance influencent un peu trop ton jugement.

La voix de Max s'était peu à peu radoucie, mais elle était bien trop préoccupée pour s'en apercevoir. Elle rejeta la tête en arrière et le défia d'un regard enflammé.

— Peut-être bien ! admit-elle. Mais je ne vois pas ce qui pourrait m'en empêcher. Tes enfants ne méritent pas de traverser les épreuves que j'ai endurées. C'est une honte de vouloir les rejeter. Et si tu n'es pas capable de résister aux injonctions de cette ignoble créature, crois-moi, elle me trouvera sur son chemin ! Je ne la laisserai jamais envoyer ces petits loin d'ici.

148

Gardant les mains posées sur ses épaules, Max la contemplait avec un mélange de tendresse et de compassion. Il ne savait que dire pour apaiser sa colère sans la froisser.

— Carla, je…

N'ayant aucune envie de l'entendre s'apitoyer sur son enfance difficile, elle tenta d'orienter la conversation sur la personne qui obsédait ses pensées et qu'elle tenait pour responsable de la situation.

— Au fait, où est-elle donc passée, cette vipère ?

Ce mot contenait à lui seul tout le mépris et toute la haine qu'elle nourrissait à l'égard de Felicity. Elle dirigea son regard vers la voiture de Max. Le siège du passager était vide.

— Felicity n'est pas ici, répondit-il. Je pensais que cela coulait de source.

La poitrine de Max se soulevait à chacune de ses paroles. Leurs corps étaient si proches qu'elle pouvait sentir le moindre mouvement de ses muscles. Comme elle s'efforçait de dissimuler son trouble, elle décela dans les yeux de Max la même excitation. La colère la reprit. Comment pouvait-il la désirer sans honte, alors qu'il venait de quitter les bras d'une autre femme ?

— Laisse-moi partir ! Tu ne vaux pas mieux que les autres. Je n'ai aucune confiance en toi.

Cette fois, les joues du jeune homme s'empourprèrent.

— Je commence à en avoir assez de tes sautes d'humeur ! Depuis mon retour d'Adélaïde, je ne te reconnais plus. Que s'est-il passé pendant mon absence et qu'es-tu allée t'imaginer au sujet de Felicity ?

Carla était au bord des larmes. Jamais de sa vie, elle n'avait ressenti pareille humiliation.

— Je t'en prie, épargne-moi les mensonges ! Cette histoire est déjà si peu reluisante !

— Que me reproches-tu au juste ? Je ne suis absolument pas responsable de la présence de Felicity à Mountain Gem. Je ne l'ai pas invitée.

— Tu ne m'as jamais parlé franchement de la nature de ta relation avec elle.

— Exact ! concéda-t-il, exaspéré. Et sais-tu pourquoi ? Je ne t'ai rien dit parce que tu avais déjà tiré toutes les conclusions avant de m'écouter. Pour toi, j'étais coupable sans même avoir été jugé. Je n'avais aucune chance de te faire entendre raison.

— Tu ne vas pas nier qu'il y a quelque chose…

— Il y a eu quelque chose, je le reconnais.

Il resserra la pression de ses mains sur ses épaules et la regarda droit dans les yeux.

150

— Je ne suis pas un saint, Carla. J'ai eu des aventures, tu le sais bien. Felicity a été l'une d'elles, très brièvement. Nous sommes sortis ensemble une ou deux fois, c'est tout. Je l'avais oubliée depuis longtemps et j'avoue ne plus savoir aujourd'hui ce qui a pu me séduire en elle.

— Pourtant, elle disait que…

— Oh, je suis sûr qu'elle a dû prétendre un tas de choses, coupa-t-il doucement en secouant la tête. J'ai essayé de me montrer patient avec elle à cause de ce fichu contrat. Maintenant que je l'ai mise à la porte, il risque bien de m'échapper. Je m'en moque. Elle a dépassé les bornes avec les garçons…

Il se pencha au-dessus d'elle pour parler doucement au creux de son oreille.

— Et avec toi, aussi.

Des larmes de soulagement emplirent les yeux de Carla.

— Mais… Et ses affaires ? Elles sont toujours ici…

— Brent les lui apportera demain matin à son hôtel.

— Elle…

Max posa doucement un doigt sur ses lèvres.

— Elle avait des envies que je n'ai jamais partagées. Tu dois me croire. J'ai toléré sa présence par intérêt, mais c'était une erreur.

— Je pensais que tu voulais être auprès d'elle. Que tu étais attiré par elle. Quand vous vous enfermiez tous les deux dans ton bureau, je…

— Il ne s'est jamais rien passé dans mon bureau.

Il fronça les sourcils, comme s'il la blâmait d'avoir imaginé le contraire. Timidement, les mains de Carla se posèrent sur son torse.

— Ces quelques jours avec Felicity ont été pour moi un enfer, murmura-t-elle. Il faut dire qu'elle ne s'est pas montrée très aimable avec moi. Et puis, j'avais si peur pour Jake et Josh…

Curieusement, la haine qui l'animait encore quelques minutes auparavant s'était évanouie sous l'effet des paroles apaisantes de Max.

— Je ne pourrai jamais me séparer de mes fils, Carla. Tu le sais, n'est-ce pas ?

Il parlait avec conviction et regret.

— Je suis sincèrement désolé d'avoir autorisé la présence de Felicity dans cette maison. Et plus encore de l'avoir laissée vous importuner tous les trois. Si une autre inconnue frappe un jour à la porte en mon absence, jure-moi de la renvoyer tout de suite !

— Et si je mets à la porte quelqu'un de très

important pour tes affaires ? Si tu perds beaucoup d'argent par ma faute, que se passera-t-il ?

— Rien de grave. Je trouverai d'autres associés, c'est tout. Plus jamais ma vie professionnelle n'affectera la tranquillité de cette maison.

Il l'attira un peu plus près de lui, ferma les yeux et respira avec bonheur le parfum de ses cheveux.

— Tu m'as beaucoup manqué, Carla. Grâce à toi, je sais ce que je veux faire de ma vie, désormais. Quand j'étais à Adélaïde, je n'avais qu'une envie : rentrer pour vous serrer très fort tous les trois dans mes bras. Je ne pensais pas pouvoir rester loin de vous aussi longtemps. Ces sentiments sont totalement nouveaux pour moi, et c'est toi qui les as provoqués. Carla, c'est toi que je veux.

Il l'embrassa longuement, presque religieusement, puis ses lèvres descendirent le long de sa gorge jusqu'à la naissance de ses seins. Heureuse de le savoir de nouveau auprès d'elle, libérée des tensions qu'elle avait endurées pendant de trop longs jours, Carla accueillit ses baisers avec un immense bonheur.

— Je suppose que les garçons sont couchés ? s'inquiéta-t-il soudain en relevant la tête.

— Bien sûr.

Elle aurait aimé en dire un peu plus long sur ses

petits protégés, mais le regard brûlant de Max l'en rendit incapable.

— Et je suppose qu'ils dorment profondément ? demanda-t-il encore.

— Profondément, répéta-t-elle. Et je ne pense pas qu'ils se réveilleront avant demain matin.

Max savait ce qu'il voulait. Il n'eut pas besoin d'en entendre davantage.

— Alors, sortons d'ici ! Ce garage n'est pas le décor idéal pour une nuit d'amour.

Quand il lui prit la main pour l'attirer hors de la pièce, elle était prête à défaillir. Les moments qu'ils s'apprêtaient à vivre marqueraient à jamais sa vie de femme, même s'ils devaient rester sans lendemain. Pour l'heure, seul comptait le désir qui les poussait inexorablement l'un vers l'autre. Ils traversèrent la maison jusqu'à la chambre de Max. Dans la pièce où Carla pénétrait pour la première fois, la lumière tamisée d'une lampe de chevet dessinait avec douceur les contours de leurs deux silhouettes. Il l'attira de nouveau contre lui, prit son visage entre ses mains et l'obligea à le regarder.

— Avant toute chose, je dois être sûr que tu veux ce moment autant que moi.

— Je suis là, Max.

Tout en parlant, elle passa un bras autour de son cou, et posa la tête contre son épaule.

— Je suis là, Max, murmura-t-elle encore. Et je te désire de toutes mes forces. Je veux passer la nuit dans tes bras, je veux être avec toi, rien qu'avec toi…

Il prit furieusement possession de ses lèvres, puis s'écarta de nouveau et tenta d'apaiser le rythme haletant de sa respiration.

— J'ai terriblement besoin de toi, Carla. Je veux qu'enfin cette nuit tu m'appartiennes tout entière.

Ses mains brûlantes descendirent lentement le long de ses bras puis sur la courbe délicate de ses hanches.

— Tu es belle, si belle…

Ces simples mots la transportèrent de bonheur et lui procurèrent une soudaine assurance.

— Et toi, dit-elle en dégrafant un bouton de sa chemise. Tu es bien trop habillé pour l'occasion !

Quand il l'allongea sur le lit pour commencer à la dévêtir, elle remarqua les tremblements de ses doigts. L'émotion visible qu'il ressentait la toucha au plus profond de son cœur. Elle passa une main rassurante dans ses cheveux, et la laissa glisser le long de sa tempe. Max garda les yeux fermés un long moment. Quand il les rouvrit, ils étaient brûlant de désir.

— Carla, oh Carla ! murmura-t-il. Je veux t'emporter loin d'ici, te faire perdre la tête et crier de bonheur.

Elle s'agrippa de toutes ses forces à son corps puissant et viril.

— Emporte-moi, Max ! Dans le plus beau des voyages !

Une étreinte passionnée les transporta bien au-delà des nuages, dans un territoire inconnu de Carla, tout aussi merveilleux que terrifiant. Quand elle reprit conscience avec la réalité, des larmes inondaient ses yeux. Des larmes de bonheur, mêlées d'une étrange tristesse. Malgré l'immense bien-être où nageait son corps tout entier, une vague de mélancolie l'assaillait peu à peu. Elle chercha tout d'abord à l'ignorer. En vain. Regrettait-elle la folie de son comportement ? En aucune façon. Peut-être un peu, tout de même. Les pensées les plus incohérentes et contradictoires se bousculaient dans son esprit, tandis qu'une torpeur délicieuse paralysait doucement ses membres, et elle finit par s'assoupir entre les bras de Max.

Quand elle se réveilla, un peu plus tard dans la nuit, Max avait les yeux grands ouverts. Il l'étreignit de nouveau, mais ses caresses furent impuissantes à apaiser l'angoisse qui nouait sa poitrine. Dans l'esprit de la jeune femme, les moments merveilleux partagés avec Max appartenaient déjà au passé. Elle savait qu'elle ne pouvait espérer un avenir commun avec lui et elle se sentait vaciller au bord d'un précipice vertigineux.

Pour tenter d'oublier la folie qu'ils venaient de commettre, elle décida de s'arracher à lui et de se réfugier dans sa chambre. Elle ouvrit la bouche pour lui parler, mais il la devança.

— Tu n'avais jamais connu d'homme avant moi, n'est-ce pas, Carla ?

Comme elle ne répondait pas, il caressa délicatement ses cheveux.

— Pourquoi ne m'as-tu rien dit ?

— Quelle importance ?

De pâles rayons de lune éclairaient faiblement la pièce. Elle devina le regard tendre que Max posait sur elle.

— Ton père a eu tort d'agir envers toi comme il l'a fait. Tu méritais tellement plus que ce qu'il t'a donné.

Carla se redressa brusquement sur le lit.

— Pourquoi me parles-tu maintenant de mon père ? Et comment es-tu au courant ? J'avais confié mon passé à Katherine. Jamais je n'aurais imaginé qu'elle te livrerait mes secrets.

— Ma sœur ne m'a rien dit. J'avais besoin de lever

le mystère qui entourait ton enfance, alors j'ai mené mon enquête.

— Qu'as-tu appris, exactement ?

— Je sais qu'il a refusé de te reconnaître et qu'il n'a jamais voulu entendre parler de toi. J'ai aussi découvert que tu avais réussi à le faire changer d'avis, un peu plus tard.

— C'est beaucoup dire…

Sa voix ne laissait transparaître aucune émotion, même si l'évocation de ces tristes souvenirs l'affectait plus qu'elle ne l'aurait souhaité. Ressasser le passé était pour elle inutile et déprimant.

— Ma mère a essayé de lui soutirer de l'argent quand elle a appris qu'elle était enceinte. Plus tard aussi, un peu après ma naissance…

Elle hésita à poursuivre. Max avait-il réellement besoin d'entendre ces horreurs ?

— Comme il refusait obstinément de l'aider, elle a préféré me confier à l'assistance publique. Le jour de mon onzième anniversaire, j'ai décidé de prendre ma vie en main. J'ai retrouvé mon père après de longues recherches. Comme il prétendait encore m'ignorer, je l'ai menacé de poursuites judiciaires. Quand il a compris que je ne renoncerais pas et que la justice le soumettrait à un test de paternité, il a accepté de m'écouter pour éviter le scandale. Ma demande était claire : je voulais qu'il prenne en charge ma pension dans un établissement privé. Ainsi, j'avais une chance de suivre des études correctes.

— Il aurait pu t'accueillir chez lui, observa Max avec douceur. Il te devait bien cela.

— Il ne voulait pas de moi. Pas plus que je ne voulais de lui, d'ailleurs. J'avais besoin de son argent, c'est tout. Je n'attendais rien d'autre de lui, ni ses excuses, ni sa pitié. Il a finalement accepté de payer, en me faisant promettre de disparaître à jamais de son existence.

Max lui caressa doucement la base de la nuque pour apaiser ses tensions.

— Il a eu tort, répéta-t-il. S'il avait la plus petite idée de ce qu'il a manqué, il le regretterait amèrement. J'ai été absent de la vie de mes fils pendant quatre ans et j'ai le sentiment d'avoir été privé de l'essentiel.

— Tu le penses vraiment, Max ?

Jamais elle n'aurait pu imaginer pareil aveu dans sa bouche.

— Quand je suis arrivée à Mountain Gem, tu me paraissais très distant avec les garçons. J'avais l'impression que tu refusais de les aimer.

— C'est faux. Comprends-moi, j'ai dû endosser du jour au lendemain une responsabilité à laquelle je n'étais pas du tout préparé. J'étais inquiet pour leur avenir et j'avais peur de ne pas être à la hauteur de la tâche. Je voulais qu'ils aient une vie normale, organisée, et qu'ils ne manquent de rien.

— Tu attaches beaucoup trop d'importance à leur bien-être matériel. Les enfants ont surtout besoin de tendresse et de sécurité affective.

— Je sais tout cela depuis longtemps. Ne l'ai-je pas suffisamment démontré en élevant ma petite sœur après la mort de nos parents ?

— Oh si, bien sûr. Tu as fait tout ce qui était en ton pouvoir pour l'aider.

C'était la stricte vérité. Il avait toujours été prompt à satisfaire au mieux les exigences de Katherine. Mais aux yeux de Carla, il existait mille autres manières de prouver son amour à un être cher. Il ne suffisait pas de lui offrir toujours le meilleur. Une profonde tristesse nouait la gorge de la jeune femme. Cet instant de bonheur passé entre les bras de Max n'était qu'une parenthèse. Bientôt, la réalité reprendrait le dessus et elle devrait de nouveau affronter sa solitude.

Elle lui adressa un pâle sourire et se dégagea de son étreinte. Elle avait besoin de s'éloigner de lui, de retourner dans son propre univers.

— Max, nous sommes très différents l'un de l'autre. Nous n'avons pas la même conception de la vie et des relations à notre entourage. Nos personnalités ne sont pas compatibles.

— Ce n'est pas vrai, Carla. Je t'aime telle que tu es.

Elle ne pouvait s'empêcher d'en douter.

— En es-tu vraiment sûr ? Tu détestes mon apparence vestimentaire et mon comportement est bien trop excentrique à ton goût. Tu me voudrais lisse, effacée, comme les femmes de la bonne société. Nous ne faisons pas partie du même monde, c'est évident.

Le silence éloquent de Max ne fit qu'accentuer sa détresse.

— Nous avons pris ce qu'il y avait à prendre, ajouta-t-elle avec une fausse désinvolture.

Rien en dehors du léger tremblement de sa voix ne laissait deviner sa profonde détresse.

— Je n'en espérais pas autant. Et, quoi qu'il arrive désormais, je ne regretterai rien de ce qui s'est passé entre nous. Je voulais que tu sois le premier homme de ma vie. Je peux maintenant tourner la page et m'intéresser de nouveau à mon avenir.

Dans un geste infiniment tendre, Max lui prit les deux mains et les serra dans les siennes.

— Ton avenir est lié au mien, Carla. Et à celui des

garçons. Ne prenons pas de décision trop hâtive ! Nous avons besoin de savoir tous deux où nous allons.

Elle secoua obstinément la tête et se leva.

— Nous n'irons nulle part ensemble. C'est impossible.

Puis, ramassant ses affaires éparpillées autour du lit, elle ajouta :

— A partir de maintenant, je redeviens la nourrice de tes enfants. Bonne nuit, Max.

11.

— Les enfants ont besoin de nouveaux vêtements. Ils ont beaucoup grandi et j'ai du mal à trouver quelque chose qui leur aille encore.

Carla se tenait dans l'encadrement de la porte du bureau de Max. Elle portait un jean, une chemise bleue et des espadrilles assorties. Son maquillage discret dissimulait à peine la pâleur de son teint.

— Tu es sûre que tout va bien ? demanda-t-il. Tu n'as pas l'air très en forme depuis quelques jours.

Elle était fatiguée, tendue et extrêmement irritable, mais refusait obstinément d'en parler avec lui. Heureusement, elle ne semblait pas non plus disposée à quitter Mountain Gem. Tant qu'elle resterait sous son toit, Max pouvait garder l'espoir d'une réconciliation. Elle occupait toutes ses pensées, la nuit comme le jour, mais elle mettait tant d'application à éviter sa présence qu'il n'osait l'aborder.

— Je vais très bien, merci.

Il n'en crut pas un mot, mais préféra ne pas insister.

— Tu disais que les garçons avaient besoin de nouveaux vêtements ?

— Oui. Je pensais les emmener demain à…

— Que leur faut-il exactement ?

— Pas mal de choses. Un imperméable, des chaussures, des pantalons et même des sous-vêtements… Enfin, peu importe ! Je voulais te demander de m'avancer un peu d'argent pour faire tous ces achats.

— J'ai une meilleure idée. Nous partirons de bonne heure tous les quatre pour courir les boutiques. Ensuite, nous irons sur la côte pour que les enfants profitent un peu de la mer. Et pourquoi ne pas louer un appartement pour y rester deux jours ?

Il caressait depuis longtemps ce projet et avait attendu le moment propice pour le lui exposer. Elle l'avait tant de fois sermonné pour le convaincre de passer plus de temps avec ses fils qu'elle pouvait difficilement rejeter son projet.

— Tu n'avais pas l'intention de retourner travailler dans ton entreprise ? fit-elle, embarrassée par sa proposition. Je peux très bien me charger des courses, toute seule.

Il contourna son bureau pour la rejoindre près de la porte.

— Un changement d'air et de décor nous fera le plus grand bien à tous.

Devant son enthousiasme, elle n'osa refuser, ni priver les jumeaux de cette petite escapade.

— Entendu ! Les garçons vont adorer la plage.

Max se retint de sourire. Il avait parfaitement manœuvré.

Mais le lendemain, après plusieurs heures de déambulation dans la galerie marchande, et un déjeuner épique dans un self-service, il n'avait plus la moindre envie de sourire.

— Maintenant, ça suffit, Jake !

Il venait de récupérer son fils dans un rayon de cravates pour hommes.

— Ici, ce n'est pas pour toi. Tu restes du côté des enfants, que cela te plaise ou non. On prend encore deux ou trois choses et on s'en va.

Un toussotement derrière son épaule lui signala la présence de Carla. Elle avait les bras chargés de paquets. Josh suivait docilement chacun de ses pas.

— Tu as terminé ? demanda Max, à bout de nerfs.

— Presque. Il ne manque plus que les chaussures.

— Merci, mon Dieu !

Il tenait Jake par la ceinture et celui-ci se débattait comme un beau diable pour tenter de lui échapper.

— Dépêchons-nous, alors ! J'ai hâte de sortir d'ici.

L'excitation des garçons était à son comble à l'idée de choisir de nouvelles baskets. Pour accélérer le mouvement, Carla interpella un vendeur. Celui-ci mesura la pointure de ses clients en herbe et, connaissant son affaire, leur proposa un modèle qui leur plut immédiatement. Soulagé, Max passa à la caisse et la joyeuse tribu sortit enfin du magasin. Les visages étaient rouges et les pieds fatigués.

Heureusement, la promenade sur la plage apaisa les esprits. Max les conduisit jusqu'à une crique isolée où les enfants purent aller et venir à leur guise sans le moindre danger. Après avoir pataugé dans les mares d'eau salée et couru en tous sens pendant près de deux heures, ils avaient retrouvé une humeur acceptable. Sur le chemin de la résidence, ils s'arrêtèrent au port, où Jake et Josh dévorèrent des hamburgers en regardant les bateaux rentrer de la pêche.

La nuit tombait lorsqu'ils arrivèrent à l'appartement.

Max monta les bagages pendant que Carla préparait le bain des enfants. Peu après, elle les couchait et se lançait dans la lecture du *Petit Chaperon rouge*.

— C'est mon histoire préférée ! s'exclama Jake, en s'enfonçant sous ses couvertures.

— Moi aussi ! fit en écho la voix ensommeillée de Josh.

Harassés de fatigue, ils s'endormirent presque aussitôt. Max observait Carla tandis qu'elle déposait un tendre baiser sur son front et admirait sa douceur maternelle.

— Tu ferais une mère formidable, murmura-t-il en la suivant hors de la chambre.

Elle pâlit, comme s'il venait de lui enfoncer un couteau dans le cœur.

— Que se passe-t-il ? demanda-t-il avec sollicitude.

— Rien du tout.

Tremblante, elle se détourna et s'empressa de changer de sujet.

— J'ai une faim de loup. As-tu pensé à commander un repas à la réception ?

— Bien sûr.

Il avait même exigé que le couvert soit dressé sur la terrasse, d'où ils pourraient admirer la mer et les lumières de la ville. Quand ils s'attablèrent devant leur plateau de fruits de mer, une brise légère se mit à soulever les cheveux de Carla. Max la dévorait du regard. Plus les jours passaient, plus il succombait à son charme. Malheureusement pour lui, elle adoptait une attitude de plus en plus distante.

— C'était une excellente idée de venir ici, Max. Les garçons ont adoré cet après-midi à la plage.

Les enfants semblaient constituer son seul sujet de préoccupation. Il aurait préféré qu'elle s'intéresse un peu à lui. Comme elle levait son verre de vin pour le porter à ses lèvres, il lui répondit dans un sourire un peu forcé.

— On dirait en effet que l'air du bord de mer leur convient mieux que l'atmosphère du centre commercial. Ils étaient impossibles, ce matin.

— C'est bien normal. Ils n'ont que quatre ans.

— A la manière dont ils couraient entre les rayons, j'ai bien cru qu'ils allaient renverser tous les étalages.

— A leur âge, le moindre espace devient un terrain de jeu.

— Je te trouve bien indulgente et bien patiente à leur égard.

Elle reposa son verre d'un air songeur.

— L'enfance est une période merveilleuse qu'il ne faut pas gâcher.

Conscient de la gravité de ses paroles, il posa tendrement une main sur la sienne.

— Il faut avoir traversé bien des épreuves pour s'exprimer ainsi. J'ignore encore beaucoup de choses de ton passé.

— Nous en avons déjà parlé l'autre nuit…

Carla baissa les yeux et repoussa son assiette comme si elle voulait mettre un terme à la conversation.

— Quand vous aviez quinze ans, reprit Max, ma sœur connaissait déjà tout de toi.

— Katherine était ma meilleure amie.

— Oui, je sais. Et à l'époque, tu ne me portais pas vraiment dans ton cœur.

Un sourire amusé détendit les traits de son interlocutrice.

— Tu veux dire que nous étions comme chien et chat, tous les deux.

— C'est vrai, mais bien des années ont passé depuis ce temps-là. Aujourd'hui, je voudrais tout connaître de toi.

Elle redressa la tête et son regard se perdit dans le vide.

— Je veux bien évoquer le passé avec toi, puisque tu insistes. De toute façon, il ne m'affecte plus. Je me suis si souvent efforcée de l'oublier, qu'il m'est devenu totalement étranger.

Max en doutait profondément, mais il se garda bien de la contredire. Pour lui, les premières années de la vie forgeaient le caractère. Certains choisissaient de s'affranchir du passé, d'autres vivaient en harmonie avec lui. Dans les deux cas, il influait profondément sur le reste de l'existence. Carla inspira une grande bouffée d'air pour se donner du courage. Bien qu'elle prétendît le contraire, l'évocation de ses souvenirs constituait encore aujourd'hui une pénible épreuve. Soucieuse de ne pas dramatiser son récit, elle choisit de l'aborder de la manière la plus désinvolte et la plus inattendue.

— Sais-tu que, de nos jours, la danse de cabaret est devenue le loisir le plus prisé de ces dames de la haute société ? Les cours ont lieu dans des clubs extrêmement fermés où de charmants professeurs leur apprennent à reproduire les attitudes sensuelles et très voluptueuses des filles qui travaillent dans les boîtes de nuit. Anonymat et discrétion assurés.

— Je l'ignorais, fit Max, plutôt amusé par ce nouveau caprice de ses contemporaines. Décidément, elles ne savent plus quoi faire pour tuer leur ennui.

Quelques étages plus bas, dans la cour de la résidence, des musiciens accordaient leurs violons. Le concert nocturne, donné chaque semaine pour

170

les clients de l'établissement, était sur le point de commencer.

Brièvement distrait, Max revint aux paroles de Carla.

— Mais en quoi cette nouvelle tocade peut-elle bien m'éclairer sur ton histoire ?

— Ma mère était danseuse de cabaret. Elle exerçait ses talents pour de l'argent, dans les endroits les plus sordides de la ville.

Elle parlait d'un ton parfaitement détaché et son regard était dénué d'expression.

— A l'époque, j'étais haute comme trois pommes, mais je me rappelle précisément certains de ces bouges infâmes et les individus ignobles qui les fréquentaient. Je restais cachée derrière le comptoir pendant toute la durée de sa prestation. Si un client la trouvait à son goût, elle le ramenait à la maison avec nous. Pour être honnête, je n'aimais pas beaucoup ces soirées.

— Carla…

Il savait que le passé de Carla recelait ce genre d'horreurs, mais le fait de l'entendre de sa bouche le bouleversa.

— Mon père faisait partie de ces hommes de passage et comme il paraissait plutôt aisé, elle avait décidé de lui passer la corde au cou. Elle attendait depuis des années de trouver un bon parti, capable de l'entretenir et de lui assurer une existence luxueuse.

— Es-tu certaine de ce que tu affirmes, Carla ? Qui sait s'ils n'avaient pas des sentiments l'un pour l'autre ?

— Des sentiments ?

Elle éclata de rire.

— Ne te sens pas obligé de me protéger, Max ! Je n'ai rien inventé. Ma mère m'a raconté cette histoire des dizaines de fois. Elle a même choisi de tomber enceinte dans l'espoir qu'il l'épouserait. Au lieu de cela, il l'a laissée tomber. Elle l'a harcelé pendant des années, en le menaçant de nuire à sa réputation. En vain. Il ne s'est jamais laissé intimider.

— Alors, elle a décidé de te confier à l'assistance publique ?

— Oui. En vérité, elle n'avait pas vraiment le choix. Mon nom de baptême était Townsend. Tinsel Townsend. Tu le savais ?

Il lui prit tendrement la main.

— Pour moi, tu es Carla, et personne d'autre.

Elle sourit tristement et détourna le regard.

— Un jour, j'ai soudainement compris que mon sort n'appartenait qu'à moi. C'était à moi et uniquement à moi de décider du genre de femme que je voulais devenir. Je n'avais pas à rougir de l'activité de ma mère. Je pouvais être quelqu'un de complètement différent, si je m'en donnais les moyens. Les dames de l'assistance étaient très attentives aux souffrances de leurs protégées. Elles ont très vite compris que je ne voulais pas suivre les pas de ma mère. En me rebaptisant, elles m'ont encouragée à tourner la page et aidée à entrevoir un avenir meilleur.

Max fit un signe de tête en signe de compréhension.

— Tu avais des amies dans cet établissement ?

— Ces dames dont je t'ai parlé étaient mes amies. Elles étaient bien les seules à se soucier de moi. Je les aimais de tout mon cœur. J'étais profondément triste le jour de mon départ. Triste et terrifiée, aussi. Mais je devais partir.

— Tu es la personne la plus courageuse que je connaisse.

Il se leva et invita Carla à l'imiter. Au-dessous d'eux, l'orchestre égrenait les premières notes d'une valse.

— Tu veux danser avec moi ?

— Pardon ?

Elle leva sur lui un regard incrédule, tandis qu'il lui prenait les mains pour les nouer autour de son cou et la guidait doucement au rythme de la musique.

Après quelques pas hésitants, ils s'élancèrent avec plus d'assurance et firent le tour de la terrasse.

— Une vraie ballerine ! s'exclama Max avec bonheur.

— Un héritage de ma mère, répondit-elle dans un sourire malicieux. J'ai beau faire, je n'arrive pas à renier complètement mes origines.

— Tu as très bien tiré ton épingle du jeu en gardant ce qu'il y avait de bon à prendre. Et si tu exprimes tes talents de danseuse dans un répertoire radicalement différent de celui de ta mère, c'est parce que tu es radicalement différente.

Marquant une pause devant la balustrade, il se pencha pour déposer un baiser sur sa nuque. Elle se raidit aussitôt et recula d'un pas.

— Non, Max, il ne faut pas. Je m'étais promis de ne jamais recommencer.

— De quoi parles-tu ?

Elle lui adressa un regard de reproche.

— Je parle de passer la nuit avec toi.

— Nous n'en sommes pas là pour le moment.

— Si nous continuons la soirée ainsi, nous la finirons dans les bras l'un de l'autre. Tu le sais aussi bien que moi.

Il lui caressa doucement la joue.

— Et alors, serait-ce si terrible ? Je ne peux plus

me passer de toi, Carla. Tu occupes toutes mes pensées.

— Tu me désires, je le sais. Et c'est une pure attirance physique que tu ressens pour moi.

Leurs corps s'étaient unis quelques jours auparavant. Ils avaient appris à se connaître et aspiraient à revivre le plaisir qu'ils avaient éprouvé ensemble, voilà tout, songea-t-elle amèrement.

— C'est beaucoup plus profond que cela, répondit Max.

Tout en parlant, il essayait d'analyser la nature de ses sentiments.

— Je ne peux pas expliquer le trouble que je ressens en ta présence. Il ne ressemble à rien de ce que j'ai connu auparavant. Je connais désormais ton passé et j'ai envie de veiller sur toi.

— Laisse mon passé là où il est ! s'indigna-t-elle avec véhémence. Il n'a rien à voir avec notre relation !

Touché par le récit de son enfance, il ressentait l'envie très masculine de la protéger. Au fond, lui inspirait-elle autre chose que la pitié ?

— Je ne veux pas que tu veilles sur moi, Max. Je n'ai pas besoin d'un chevalier servant.

Attristé, il posa les deux mains sur la rambarde

et se perdit un instant dans la contemplation de la mer.

— Depuis ton arrivée à Mountain Gem, nous nous sommes rapprochés l'un de l'autre.

— C'est vrai, et notre désir a fini par nous égarer.

— Encore une fois, Carla, il y a plus que le désir entre nous. Pourquoi refuses-tu de l'admettre ?

La voix de Max tremblait de frustration.

— Je n'ai jamais aimé me bercer d'illusions, reprit-elle sur un ton monocorde. Nous n'avons rien de commun, Max. Nous n'attendons pas les mêmes choses de la vie. Notre relation est vouée à l'échec.

Il fit brusquement volte-face et la défia du regard.

— Tu t'es offerte à moi, Carla. Tu m'as choisi pour être le premier. Ose me dire aujourd'hui que cela ne signifie rien pour toi !

Un frisson d'angoisse la parcourut soudain.

— Je commence à avoir froid. Je vais aller me coucher.

Si elle voulait continuer à lui taire la profondeur de ses sentiments, elle devait à tout prix s'éloigner.

— Bonne nuit, Max.

Et elle quitta la terrasse comme si le diable était à ses trousses.

12.

— Je suis complètement perdue. Je ne sais plus que penser ni que faire.

Seules la simplicité et l'indulgence de Brent pouvaient lui arracher pareil aveu. Il passa un bras amical autour de ses épaules.

— Tu comptes rester à Mountain Gem ? demanda-t-il avec douceur.

— Non, il faut que je m'en aille. Mais pas avant d'avoir organisé mon remplacement. Je ne veux pas que les enfants aient à souffrir de mon départ.

Ce matin-là, tandis que les garçons jouaient sagement dans le bac à sable, Carla s'était laissée aller à quelques confidences. Cependant, elle ne trouva pas le courage de lui confier toute l'affection qu'elle leur portait. D'ailleurs, elle en avait assez dit pour aujourd'hui. Assis sur les marches de la cabane de jardin, ils bavardaient depuis un bon moment. A contrecœur, Max s'était finalement résolu à réintégrer les locaux de son entreprise. Il semblait avoir perdu sa légendaire passion pour les affaires, mais devait impérativement superviser les négociations avec la famille Danvers.

— Je te remercie de m'avoir écoutée, fit-elle en refoulant les larmes qui perlaient à ses yeux. Ici, je n'ai personne à qui parler.

— Y'a pas de problème ! s'exclama Brent avec un sourire jovial. Mes trois petites sœurs finiront bien par connaître un jour les mêmes problèmes que toi. Vu que mon père est parti et que je suis l'aîné de la famille, il faudra bien que je les écoute. Un peu d'entraînement ne peut pas me faire de mal.

Il était adorable et ne dissimulait jamais aucune arrière-pensée. Carla se surprit à penser que sa vie serait beaucoup plus simple si elle tombait amoureuse d'un garçon comme lui. Pour l'heure, malheureusement, Max était son unique obsession.

— Merci encore, Brent. Il faut que je te laisse maintenant.

Elle se leva et lui adressa un signe amical avant de s'éloigner de la cabane.

— Les garçons ! Il est temps de rentrer et de préparer le repas.

Mais ses paroles ne rencontrèrent que le plus grand silence. Surprise, elle leva les yeux en direction de l'aire de jeux. Le bac à sable était vide. Sans s'alarmer outre mesure, elle songea qu'ils l'avaient précédée dans la cuisine. Mais lorsqu'elle trouva la pièce déserte, l'inquiétude commença à la gagner.

— Jake ? Josh ? Où êtes-vous, les enfants ?

Elle procéda alors à la fouille méthodique de toutes les pièces de la maison et, avec le secours de Brent, écuma toute la propriété. Comme les jumeaux restaient introuvables, elle céda pour de bon à la panique. Brent tenta de la rassurer.

— Ils sont farceurs, tu sais. Je suis sûr qu'ils ont trouvé une bonne cachette et qu'ils s'amusent comme des petits fous à nous faire tourner en bourriques.

Carla inspira une longue bouffée d'air et s'efforça de retrouver son calme.

— J'ai beau réfléchir, je ne vois pas où ils pourraient être.

— Ne t'inquiète pas ! Ils sont forcément tout près d'ici. Quand les as-tu vus pour la dernière fois ?

— Quand nous avons commencé à parler, ils jouaient dans le bac à sable. J'avoue qu'ensuite, je n'ai pas toujours gardé l'œil sur eux.

Ils pouvaient être n'importe où, dans l'enceinte de la propriété ou aux alentours. Le pire était à craindre. Ils avaient pu s'aventurer du côté de la grand-route, tomber dans un fossé, glisser dans une mare…

Le retour de Max mit un terme brutal à ses pensées. A la pâleur du visage de Carla, il devina immédiatement que quelque chose d'anormal s'était produit en son absence. L'attitude embarrassée de Brent ne fit que confirmer ses craintes.

— Qu'y a-t-il ? Vous en faites, une tête !

— Les garçons ont disparu. Ils ne sont ni dans la maison, ni dans le jardin, annonça la jeune femme d'une voix tremblante.

Max pâlit à son tour.

— Depuis combien de temps les avez-vous perdus de vue ?

— Une dizaine de minutes. Je m'apprêtais à poursuivre les recherches un peu plus loin et à te prévenir.

Il secoua la tête d'un air excédé.

— Je n'aurais pas dû quitter la maison ce matin. Je n'aurais jamais dû te laisser seule avec eux !

La violence de son accusation atteignit Carla en plein cœur. Mais elle ne pouvait le blâmer. Elle seule était responsable de la disparition des enfants et il avait toutes les raisons de lui en vouloir.

— Je suis désolée, Max. C'est entièrement ma faute.

Il se tourna vers Brent sans prêter la moindre attention à ses excuses et énuméra rapidement au jardinier les lieux où il devait poursuivre ses investigations.

— Si nous ne les trouvons pas dans le prochain quart d'heure, j'appelle la police !

Il se précipita en direction des vergers, criant à pleins poumons les prénoms de ses fils. Carla hésita brièvement. Max ne tenait sans doute guère à sa compagnie, mais elle décida néanmoins de le suivre. Après quelques minutes de vaines recherches, elle aperçut un jouet en plastique au pied de la clôture qui délimitait le parc. L'objet était presque entièrement dissimulé sous les hautes herbes qui envahissaient le versant humide du vallon. Elle le ramassa précipitamment et appela Max.

— Ce jouet était dans le bac à sable. C'est le dernier endroit où je les ai vus.

— Jake, Josh ! hurla-t-il de plus belle.

Mais une fois encore, seul le silence répondit à ses appels désespérés. Pourtant, les enfants étaient passés non loin de là. Cela ne faisait plus aucun doute. Sans perdre de temps, ils escaladèrent la clôture et aperçurent enfin leurs silhouettes sur le bord de la route. Profondément soulagée, Carla commençait à se détendre quand une nouvelle inquiétude la saisit. Jake et Josh se tenaient debout l'un contre l'autre, aussi immobiles que des statues de marbre. Leurs visages étaient livides.

— Max, attends…

Mais, trop heureux de les retrouver, il s'était déjà rué dans leur direction, inconscient du nouveau danger qui les menaçait.

— Non, papa !

Le cri terrifiant de son fils le figea à son tour. Pendant ce temps, Carla s'était prudemment approchée.

— Il y a un serpent, Max.

La voix tremblante, elle pointait du doigt la créature verdâtre qui rampait derrière les enfants. Le reptile n'était plus qu'à quelques centimètres de Josh. Les joues du petit garçon étaient inondées de larmes, et il tremblait de tous ses membres. Carla se demanda combien de temps il parviendrait à garder son calme. Mécontent d'avoir été dérangé sur son territoire, le reptile dardait sa langue en émettant des sifflements menaçants.

— Ne vous inquiétez pas, les garçons ! murmura Max d'une voix posée et rassurante.

Seuls les traits creusés de son visage laissaient paraître son angoisse. En quelques secondes, il semblait avoir vieilli de dix ans.

— Ne craignez rien ! Je vais arranger ça.

Sans quitter des yeux l'animal, il souleva une

grosse pierre et avança doucement vers ses enfants, en les suppliant de ne pas bouger. Témoin impuissant, Carla priait en silence pour qu'ils lui obéissent. En un éclair, tout fut terminé. Chassé par le jet violent du caillou, le serpent disparut sous un énorme rocher. Les deux bambins se précipitèrent dans les bras de leur père.

— Est-ce qu'il vous a mordus ? s'enquit-il aussitôt.

Sans attendre leur réponse, il les posa à terre, les déshabilla de la tête aux pieds et les examina avec un soin méticuleux.

— On a pas bougé, expliqua Jake en remontant son pantalon. Comme Carla avait dit. Leçon numéro dix : serpent, ne pas bouger et attendre de l'aide.

— On a attendu très longtemps, ajouta Jake avant d'éclater bruyamment en sanglots.

— Très très longtemps, surenchérit son frère.

Max les souleva ensemble dans ses bras et les serra très fort contre son cœur.

— Je suis fier de vous, mes garçons. Vous avez été très courageux, tous les deux.

Au bord des larmes, elle aussi, Carla se détourna et les précéda sur le chemin de la maison. Les jumeaux n'avaient pas besoin d'elle en cet instant. Ils étaient exactement là où ils devaient être, dans les bras d'un père aimant et attentif. L'incident avait eu le mérite de démontrer, si cela était encore nécessaire, l'affection infaillible qu'il leur portait et son sens aigu des responsabilités.

La mort dans l'âme, elle songea qu'elle n'avait plus sa place à Mountain Gem. Comment pourrait-elle désormais donner à Max des conseils sur l'éducation de ses fils ? Par sa faute, les enfants venaient de s'exposer à un grand danger. Après tout, la nature avait bien fait les choses en lui refusant le droit d'être mère. Elle en était tout simplement incapable.

Une fois rentrée, elle prépara le repas des enfants et, pendant que Max supervisait le dîner, elle monta préparer ses valises. Quand les enfants furent couchés, elle descendit sans bruit ses bagages et les déposa dans l'entrée. Puis, s'armant de courage, elle rejoignit Max dans le salon.

— Je suis entièrement responsable de qui s'est passé cet après-midi, commença-t-elle sans détour. Sans ton intervention, cet incident aurait pu tourner à la tragédie. Tu avais raison depuis le début. Je ne suis pas capable de veiller correctement sur tes enfants.

— Carla…

Elle leva la main pour lui intimer le silence.

— Je sais tous les reproches que tu es en droit de

me faire. Je les mérite amplement. A cause de mon incompétence, nous avons tous vécu une expérience traumatisante et…

— Calme-toi, je t'en prie !

Il se leva et s'approcha doucement.

— Moi aussi, j'ai des excuses à te présenter. A mon arrivée, je me suis montré très brutal envers toi. Je le regrette.

Elle laissa échapper un petit rire nerveux.

— Tu n'as pas à t'excuser, Max. J'ai commis une faute impardonnable et je n'ai pas d'autre choix que de partir maintenant.

— Voyons, ne dis pas de bêtises…

— Mes valises sont prêtes et je suis sûre que Brent acceptera de me déposer à la gare. Dis… dis seulement à Jake et à Josh que je les aime de tout mon cœur…

Elle se tut de peur d'éclater en sanglots et esquissa un pas en direction de la sortie.

— Je ne leur dirai rien de tel ! déclara Max en la rattrapant aussitôt.

Il lui saisit l'avant-bras et l'obligea à se retourner.

— Maintenant, c'est à toi de m'écouter.

— Mais je…

Pourquoi ne la laissait-il pas quitter la maison avec

le peu de dignité qui lui restait ? Il la força à s'asseoir et se planta devant elle, comme s'il craignait de la voir s'échapper.

— Ce qui t'est arrivé avec les garçons aujourd'hui aurait pu arriver à n'importe qui…

— Non, ce n'est…

— Tais-toi et écoute-moi ! Ils ont échappé à ta vigilance un instant, mais c'est grâce à toi s'ils sont sains et saufs à l'heure qu'il est.

Elle le regarda sans comprendre.

— Sans tes avertissements, ils auraient cédé à la panique au lieu d'attendre sagement notre arrivée. Qui d'autre que toi leur a appris la leçon numéro dix ? Tu les avais avertis du danger. L'idée de le faire ne m'avait pas même effleuré.

Mais Carla ne voulait rien entendre et secouait obstinément la tête. Rien ne pouvait excuser son insouciance.

— Confrontés au danger, ils pouvaient tout aussi bien oublier mes conseils. Non, je ne me pardonnerai jamais ce qui est arrivé aujourd'hui.

Comprenant qu'il ne parviendrait pas à soulager sa culpabilité, Max demeura un instant silencieux.

— Très bien. Laissons la question de côté pour l'instant ! La journée a été éprouvante. Nous sommes tous les deux épuisés.

186

Il se pencha au-dessus d'elle et caressa tendrement son visage.

— Va te reposer, Carla ! Nous reparlerons de tout cela demain matin.

Après un long moment d'immobilité, elle remua imperceptiblement la tête.

— Je crois que tu as raison. Il vaut mieux que je dise moi-même au revoir aux garçons. Je m'en irai demain.

Max acquiesça sans mot dire. Il n'avait aucune intention de la laisser partir. Il venait simplement de gagner un peu de temps. S'il le fallait, il passerait une nuit blanche, mais il trouverait un moyen d'empêcher son départ.

Il l'aida à se relever et embrassa ses mains avant de les libérer.

— Dors bien, Carla. A demain !

13.

L'odeur du café mêlée au parfum sucré des crêpes flottait dans la cuisine. Un soleil éclatant pénétrait dans la pièce par la fenêtre entrouverte. Max s'affairait devant la cuisinière.

— Tu es levée, Carla ! Viens vite ! J'ai préparé une énorme pile de crêpes. Nous avons besoin de ton aide pour les manger.

Sa voix était joyeuse, mais son regard dur et déterminé contrastait avec son attitude désinvolte.

— Assois-toi vite ! marmonna Josh, la bouche à moitié pleine. Elles sont trop bonnes !

Le visage de Jake était barbouillé de confiture.

— Papa en a fait brûler quelques-unes, mais pas toutes ! Tu vois la mienne, elle est toute noire sur le bord.

— Je vois, mon trésor, répondit Carla en forçant un sourire.

Elle s'installa à sa place habituelle et se servit une

tasse de café. La tête baissée, elle se remémora une dernière fois les mots d'adieu qu'elle avait préparés à l'intention des enfants et décida de leur parler sans attendre.

— Les garçons, je voulais vous…

La voix puissante de Max vint aussitôt couvrir la sienne.

— Nous avons longuement discuté tous les trois de tes précieux conseils, Carla. Grâce à ta leçon numéro dix, ils ont su adopter la bonne attitude face au serpent.

Tout en parlant, il déposa une assiette devant elle.

— Nous avons aussi adopté une nouvelle règle. Plus jamais ils ne s'aventureront tout seuls dans la vallée. Quant à moi, je vais faire installer une nouvelle clôture dès aujourd'hui.

— C'est très bien, murmura-t-elle. Mais je voulais…

— Mange ! ordonna-t-il en posant fermement ses mains sur ses épaules.

Puis il s'attabla à son tour et gratifia ses fils d'un clin d'œil complice.

— Ces deux garnements ont quelque chose de très important à te dire.

Fiers de devenir le centre de toutes les attentions,

Jake et Josh se redressèrent sur leur chaise. La solennité et la détermination contenues dans leurs regards accentuaient de manière frappante leur ressemblance avec Max.

— Carla, faut qu'on te demande pardon, commença le premier.

— On est très désolés, renchérit le second.

— Et on se sauvera plus jamais, parce que c'est pas bien.

Puis, jugeant sans doute que ce moment de gravité avait assez duré, Josh recommença à battre des jambes sous la table et Jake replongea sa cuillère dans le pot de miel.

Max s'éclaircit la gorge.

— Bien ! Je crois que Carla a compris le message. Vous lui avez présenté vos excuses et promis de ne jamais recommencer.

— Je vous remercie beaucoup, les enfants, s'empressa de déclarer la jeune femme. Il est très rassurant pour moi de savoir que vous allez être bien sages. Je…

Une fois de plus, Max l'empêcha de poursuivre.

— Comme il est très rassurant pour les garçons et pour moi de savoir que tu es là pour prendre soin de nous. Jake et Josh refusent que tu t'en ailles. Je leur ai expliqué tout à l'heure que tu voulais partir

190

à cause de l'incident d'hier. Ils sont farouchement opposés à cette idée.

Manifestement, il n'était pas décidé à lui faciliter la tâche.

— Mais je ne peux pas rester, Max ! s'exclama-t-elle dans un accès d'indignation.

Très vite, elle s'efforça de recouvrer son calme pour s'adresser aux enfants.

— Mes trésors, vous êtes très contents de vivre ici avec votre papa, n'est-ce pas ?

Ils acquiescèrent en silence.

— J'ai été très heureuse de m'occuper de vous pendant quelques semaines. Mais maintenant, vous avez besoin d'une vraie nounou.

Elle s'interrompit un instant, et tenta d'imaginer le portrait de la nourrice idéale qui pourrait les séduire.

— Une dame qui sache vraiment vous raconter des histoires, vous apprendre à lire, recoudre vos pantalons, faire des tartes avec les fruits du jardin…

— Ne te fatigue pas ! coupa Max. C'est toi qu'ils veulent et toi seulement.

— Papa a dit que tu allais rester.

Des larmes commençaient à couler sur les joues des garçons. Carla fusilla leur père du regard.

Comment osait-il la mettre dans une situation aussi inconfortable ?

— Max, ma décision est prise. Je pensais que tu l'avais compris hier soir.

Il soupira et repoussa son assiette.

— Ce que tu peux être têtue, parfois ! Ne vois-tu pas que ta place est ici ?

— Quand je suis arrivée ici, tu as tout fait pour me renvoyer. Tu voulais une personne plus mature, plus qualifiée…

— Et je me suis retrouvé avec une jeune femme moderne, dynamique, et tellement chaleureuse que mes enfants l'ont adorée dès le premier jour. Rien n'est jamais figé, Carla. Et même les préjugés peuvent disparaître.

— C'est vrai, mais je…

Le dos au mur, elle devait absolument trouver une bonne raison pour justifier son départ.

— Je dois consacrer un peu de temps à mon avenir, dit-elle. Me donner les moyens de reprendre mes études.

— Je t'ai déjà proposé un arrangement tout à fait acceptable qui te permettrait de retourner à l'université tout en restant parmi nous.

Comment pouvait-il sans l'ombre d'un scrupule

faire allusion à cette lamentable proposition de mariage ?

— Mais je refuse de me m…

Elle s'interrompit et lança un regard inquiet en direction des jumeaux. Malgré leur très jeune âge, ils n'étaient pas complètement inconscients. Si elle commettait l'erreur d'évoquer trop clairement un tel sujet en leur présence, plus jamais ils ne la laisseraient en paix.

— Et si j'accepte un jour, poursuivit-elle à l'attention de Max, ce sera uniquement par amour, et pour rien d'autre.

Elle aurait aimé qu'il rejette son argument avec force en lui déclarant son amour et son désir de construire une existence à ses côtés. Mais il n'en fit rien et se contenta de secouer la tête d'un air excédé.

— Comme tu voudras, Carla. De toute façon, rien de ce que je pourrais dire ne te fera changer d'avis. Je vais me remettre dès aujourd'hui en quête d'une remplaçante.

Toute trace de bonne humeur avait disparu de son visage.

— Seras-tu assez bonne pour nous honorer de ta présence quelques jours supplémentaires ? Il m'est impossible de mener à bien mes recherches tout en m'occupant des enfants.

Les regards suppliants des deux petits eurent raison de toutes les réticences de la jeune femme. Elle capitula, tout en sachant qu'elle ne tarderait pas à le regretter.

— Entendu, je resterai encore un peu.

Tandis que Max passait ses journées enfermé dans son bureau, Carla épluchait les petites annonces à la recherche d'un nouvel emploi. Ce matin-là, comme tous les autres, elle déposa les enfants à l'école, se rendit au centre commercial où elle erra sans but pendant des heures, déjeuna dans un petit restaurant du centre-ville puis dévalisa la maison de la presse avant de rentrer à Moutain Gem.

— Voilà de quoi t'occuper ! s'exclama-t-elle en déposant devant Max une pile de journaux impressionnante.

Comme il n'y prêtait pas la moindre attention, elle se permit une remarque.

— Tu ne les ouvres pas ? s'étonna-t-elle avec reproche.

Il se leva avec nonchalance, et lui tourna le dos pour aller se planter devant la fenêtre.

— J'ai parcouru des centaines et des centaines d'annonces, j'ai rédigé moi-même une offre d'emploi que j'ai affichée dans une vingtaine d'agences spécialisées et j'ai déjà reçu six candidates.

— Mais jusqu'à présent, tu n'as embauché personne.

— En effet, admit-il en se retournant brusquement.

— Max, cette situation ne peut plus durer. Il faut que tu acceptes de me remplacer. Je ne…

Il traversa la pièce en quelques enjambées et, sans lui laisser le temps de deviner son geste, l'emprisonna entre ses bras.

— Te remplacer est impossible, Carla.

Il la serra à lui faire mal et l'embrassa furieusement sans lui demander son avis. Révoltée par son attitude, Carla le repoussa avec force.

— Max, ce n'est pas ce que je veux, et tu le sais très bien.

La frustration du jeune homme avait atteint son apogée.

— Quand cesseras-tu de te mentir à toi-même ! s'emporta-t-il avec violence. Tu me désires tout autant que je te désire.

Le visage inondé de larmes, elle secoua obstinément la tête et parvint non sans mal à se dégager de ses bras.

— Une attirance purement physique, murmura-t-elle avec difficulté. C'est tout ce que tu ressens pour moi.

— Voilà des semaines que tu te promènes sous mon toit en prenant un malin plaisir à me torturer !

Cette fois, il dépassait les bornes.

— Je n'ai pas demandé à prolonger mon séjour ici. C'est toi qui me l'as imposé en prenant les enfants pour témoins. Mais rassure-toi, je vais mettre un terme à ton supplice en quittant cette maison sur-le-champ ! Tu es assez grand pour te débrouiller seul.

— Tu n'as aucune perspective d'emploi. Comment penses-tu subvenir à tes besoins ?

Elle haussa les épaules avec désinvolture.

— J'ai beaucoup d'amis à Sydney. Ils m'hébergeront sans problème pendant quelque temps.

— Voyons Carla, soit un peu raisonnable ! Qui sont ces gens et pourquoi accepteraient-ils de te loger ?

— Je n'ai pas à te dire qui sont mes amis. Cela ne te regarde pas. D'ailleurs, ma vie ne te regarde plus désormais. Je m'en vais.

Elle se retourna et marcha d'un pas décidé vers la porte. Max s'apprêtait à la suivre quand la sonnerie du téléphone le rappela dans son bureau. Il décrocha et reconnut la voix de l'un de ses attachés commerciaux. L'affaire était urgente, il lui fut impossible d'abréger la conversation comme il l'aurait souhaité. Quand enfin il put reposer l'écouteur, il trouva la maison étonnement silencieuse. Il se précipita dans le hall et découvrit sur la porte un petit mot griffonné à la hâte. « Brent a accepté de me conduire à la gare. Surtout, n'oublie pas de récupérer les jumeaux à la sortie de l'école ! »

Soufflé par son audace, désespéré par son départ, il s'effondra sur le canapé du salon et rumina sa colère pendant le reste de l'après-midi. Apprenant le départ de Carla, les garçons furent ce soir-là d'une humeur exécrable. Ils commencèrent à se chamailler dès la sortie de l'école et refusèrent de goûter dans la cuisine. Ne sachant plus à quel saint se vouer, Max finit par céder à leurs caprices et les installa avec un gobelet de pop-corn devant un dessin animé.

Excédé, il décida d'aller donner ses instructions à Brent pour le lendemain. Sagement installés devant la télévision, Jake et Josh pouvaient bien rester seuls dans la maison pendant quelques minutes. Il enfila ses bottes et traversa le jardin pour se rendre chez son jardinier. Comme toujours, la porte du chalet était ouverte. Il pénétra dans l'entrée et entendit d'une oreille distraite la voix monocorde du présentateur du journal télévisé annoncer un accident ferroviaire. Sans y prêter attention, il avança dans le séjour.

— Brent, si tu as cinq minutes, je voudrais te parler des arbres du verger et…

— Attendez…

Le jeune homme leva la main en direction du petit écran et augmenta le son.

— Regardez ! Je viens d'entendre les nouvelles et je commence à être inquiet.

Max écouta attentivement les informations tandis que le journaliste précisait le lieu de l'accident. Le visage tendu, les deux hommes écoutèrent la fin du reportage dans le plus grand silence.

— A quelle heure a-t-elle pris son train ? demanda Max en se précipitant vers la porte.

— 17 heures, je crois.

— Il faut appeler le numéro indiqué sur l'écran, fit Max en revenant sur ses pas. Peut-être pourrons-nous en apprendre un peu plus long sur ce qui s'est passé.

Joignant le geste à la parole, il composa les dix chiffres sur le cadran du téléphone. Après un nombre incalculable de sonneries, une voix féminine résonna enfin à l'autre bout du fil. Sa main se crispa sur le combiné quand il comprit que l'incident concernait bien le train de Sidney que Carla avait emprunté.

— Je vais la chercher ! hurla-t-il comme un fou.

Il franchit le seuil de la porte sans laisser à Brent le temps de réagir.

— Voulez-vous que je reste ici avec les jumeaux ? proposa le jardinier en le rattrapant dans le jardin. Ou préférez-vous que nous vous suivions dans ma voiture ?

La panique lui avait fait oublier jusqu'à ses propres fils. Il marqua une halte et déploya des efforts surhumains pour rassembler ses esprits.

— J'ignore ce que je vais trouver là-bas. Je ne peux pas les emmener, mais j'hésite à vous les confier. Ils ne sont jamais restés seuls avec vous.

— Si cela peut vous rassurer, je vais appeler ma tante Coline. Elle habite à deux pas d'ici et elle a l'habitude de garder des enfants. Je resterai avec elle jusqu'à votre retour.

— Très bien… parfait…, bredouilla Max.

Déjà, il courait en direction du garage. Qu'était-il arrivé à Carla ? Etait-elle blessée ou indemne ? Il fallait qu'il le sache au plus vite. N'osant songer au pire, il tourna la clé de contact et démarra sur les chapeaux de roues.

14.

Le lieu du sinistre se trouvait en contrebas de la route. Des dizaines d'ambulances et de voitures de patrouille stationnaient sur le terre-plein habituellement désert. Max laissa son véhicule loin derrière le périmètre de sécurité délimité par les forces de l'ordre et se mit à courir droit devant lui, sans entendre les cris des policiers qui lui intimaient de rebrousser chemin. La vue des wagons sortis de leurs rails l'arrêta brusquement dans sa course.

— Carla ! Où es-tu ? hurla-t-il

Un nombre incalculable de voyageurs erraient sans but le long de la voie. Ils semblaient tous terriblement choqués. D'autres étaient allongés ou assis sur le talus. Des équipes de secours s'affairaient autour d'eux. Des enfants pleuraient, des couples s'enlaçaient pour se réconforter. Non loin de la locomotive, des inspecteurs interrogeaient le conducteur du train accidenté.

Mais seule une personne comptait aux yeux de Max. Il devait la retrouver. Saine et sauve.

— Par ici, Max, je suis ici.

Son regard affolé chercha dans la pénombre à localiser la provenance de la voix. En vain. L'avait-il rêvée tant son désir était grand de l'entendre ? Enfin, ses yeux s'arrêtèrent sur sa silhouette familière. Elle était assise à même le sol, le dos appuyé à un tronc d'arbre. Sans réfléchir, il s'agenouilla près d'elle et la serra dans ses bras. Puis, recouvrant ses esprits, il la relâcha délicatement.

— Tu es blessée ? As-tu vu un médecin ? Ne bouge pas, je vais chercher un ambulancier !

— Je vais bien, Max. Quelques contusions, c'est tout.

— Mais tu trembles de la tête aux pieds !

— La réaction au choc, rien de plus.

Un pâle sourire éclaira son visage et une larme roula sur sa joue bleuie.

— Une infirmière m'a examinée. Je suis indemne. Je m'accordais juste une petite pause avant de prendre de nouvelles dispositions. Comme tu peux le voir, ce train n'est plus vraiment en état de m'emmener à Sidney.

— Tu vas rentrer à la maison, et je m'occuperai de toi.

Pour Max, le retour de Carla à Mountain Gem s'imposait. Il ne pouvait imaginer d'autre solution. Avec une infinie douceur, il caressa ses cheveux et attira sa tête contre sa poitrine.

— Je suis là, Carla, tu n'as plus à t'inquiéter de rien.

Autour d'eux, les équipes de secours se pressaient auprès des victimes de l'accident. Les brancardiers remontaient les blessés jusqu'au terre-plein et on entendait les sirènes des ambulances s'évanouir dans le lointain.

— Que s'est-il passé, exactement ? demanda Max en regardant autour de lui.

— Des imbéciles ont abandonné leur voiture sur la voie ferrée. Comment peut-on être à ce point inconscient ? Le conducteur a tout fait pour éviter la collision, mais la distance de freinage était trop courte pour arrêter le convoi à temps. Et maintenant, me voilà dans de beaux draps ! A Sidney, mes amis vont...

— Je me charge de les prévenir.

— Et mes bagages ? Toutes mes affaires étaient dans mon compartiment.

— Je ferai mon possible pour les récupérer. En attendant, tu pourras emprunter les vêtements que

202

Katherine a laissés à la maison. Je m'occuperai de toi, ne t'en fais pas !

Le visage de Carla était inondé de larmes. Max fit mine de ne pas le remarquer. Il l'aida à gravir le talus et l'escorta jusqu'à sa voiture. Elle tremblait de tous ses membres. Le choc semblait avoir été plus rude qu'elle ne le prétendait. Il l'enveloppa d'une couverture, la souleva dans ses bras pour l'installer sur le siège du passager et, malgré la douceur de la nuit, tourna la molette du chauffage sur la position la plus haute.

Quand ils franchirent le portail de Mountain Gem, elle se redressa brièvement et ouvrit de grands yeux inquiets.

— Et les garçons ?

— La tante de Brent est venue s'occuper d'eux. Attends-moi ici !

Il contourna le véhicule, ouvrit sa portière et la souleva dans ses bras. Trop épuisée pour protester, elle se blottit contre lui et se laissa porter à l'intérieur de la maison. Les exclamations des enfants, affolés par son état, lui parvinrent à travers un épais brouillard. Max les rassura en quelques mots et la monta dans sa propre chambre. L'idée de l'installer dans la pièce qu'elle avait occupée jusqu'à son départ ne l'effleura même pas. Carla lui appartenait. Les événements des dernières heures lui avaient imposé cette évidence à l'esprit. Elle était à lui, désormais. Rien qu'à lui. Il veillerait sur elle nuit et jour et ne la laisserait plus jamais s'éloigner de lui. Il la fit asseoir sur le lit et nettoya son visage avec un linge humide, découvrant peu à peu sur sa peau des traces d'hématomes et de légères éraflures. Avec d'infinies précautions, il lui ôta ses vêtements souillés et lui enfila un large T-shirt.

— Allonge-toi, maintenant ! Je vais te chercher des médicaments pour la nuit.

A moitié consciente de ce qui se passait autour d'elle, Carla approuva d'un vague signe de tête. Max resta un long moment à la regarder, incapable de se résoudre à s'éloigner d'elle, ne fût-ce qu'un instant. Il l'aimait, il en était certain, aujourd'hui. Jamais aucune autre femme n'avait suscité en lui de sentiments aussi profonds. Jamais aucune autre femme ne compterait désormais dans sa vie.

Il sortit de la chambre à contrecœur et rejoignit ses enfants dans la cuisine. Brent et sa tante débarrassaient le couvert quand il apparut dans l'encadrement de la porte. Tous les regards convergèrent en même temps sur son visage.

— Elle va bien, annonça-t-il aussitôt pour apaiser leurs inquiétudes. Quelques vilaines bosses, des bleus, mais rien de bien grave.

— Dieu soit loué ! s'exclama Brent avant de présenter sa tante à Max.

C'était une femme rondelette, d'une soixantaine d'années, dont le sourire enjoué forçait immédiatement la sympathie. A la gaieté de leur comportement, Max comprit que les garçons l'avaient déjà adoptée. Il la remercia aussitôt de son aide.

— C'était un plaisir, répondit-elle avec chaleur. Vous savez, je me sens un peu seule depuis le départ de mon petit dernier. Je suis veuve depuis des années et je ne sais plus comment occuper mes journées.

Max hocha la tête d'un air songeur, tout en ouvrant la porte de la pharmacie.

— Nous pensions emmener vos enfants pique-niquer demain à midi, reprit Coline. Si vous êtes d'accord, ils pourraient même dormir avec moi chez Brent, cette nuit.

Jake et Josh bondirent de leur siège et accrochèrent tous les deux les jambes de leur père.

— Dis oui, papa, s'il te plaît !

— C'est d'accord, répondit Max dans un sourire plein de gratitude. Je pourrai ainsi consacrer tout mon temps à Carla.

Il embrassa affectueusement ses fils et regagna sa chambre. Roulée en boule dans une position bien peu confortable, la jeune femme avait succombé au sommeil. Il la réveilla pour lui donner ses médicaments et s'allongea auprès d'elle. Quand il l'attira contre lui pour lui offrir le réconfort de son épaule, elle émit un petit soupir de soulagement et se nicha docilement contre lui. Cela suffit au bonheur de Max. Tout au moins, pour l'instant…

Carla s'éveilla doucement, redécouvrant peu à peu les points douloureux qui meurtrissaient son corps. Elle songea que son visage devait aussi porter les traces de l'accident et qu'elle devrait arborer de bien vilaines ecchymoses pendant quelques semaines. Elle avait eu de la chance de s'en sortir sans trop de mal. Une curieuse sensation de soulagement et de sécurité apaisait ses préoccupations.

Ses yeux s'ouvrirent d'abord sur la silhouette familière de Max. Puis, lorsqu'elle abaissa le regard sur ses draps, elle comprit qu'elle se trouvait dans son lit.

— C'est toi qui m'as couchée, hier soir ? Pourquoi ai-je dormi dans ta chambre ? Et où sont les enfants ?

— Ne pose pas tant de questions ! Tu vas te fatiguer.

Il se pencha au-dessus d'elle et scella sa bouche d'un tendre baiser.

— Savais-tu que Brent avait une tante adorable ? demanda-t-il en caressant doucement ses cheveux. Elle s'appelle Coline et elle est veuve.

— Je l'ignorais, fit simplement la jeune femme.

Max paraissait soudain étonnamment fier de lui.

— Je vais lui proposer le poste de nourrice. Je pense qu'elle acceptera. Elle s'ennuie ferme depuis le départ de ses enfants.

Les lèvres de Carla tremblaient imperceptiblement. Elle n'était guère en état d'accueillir avec légèreté ce genre de nouvelle.

— C'est très bien, Max. Je suis… je suis vraiment contente.

— Ainsi, je n'aurai plus besoin de toi pour veiller au bien-être de mes fils.

Avait-il l'intention de remuer encore longtemps le couteau dans la plaie ? songea-t-elle, au désespoir. Mais soudain elle vit son expression revêtir une gravité inhabituelle.

— Et ainsi, reprit-il d'un ton presque solennel, quand je te demanderai de rester à Mountain Gem, je le ferai pour moi. Ni pour mes enfants, ni par sollicitude pour toi. Je sais maintenant que tu peux te débrouiller dans la vie sans l'aide de quiconque.

Si je veux te garder près de moi, c'est uniquement pour moi.

Carla fronça les sourcils d'un air suspicieux.

— Je ne suis pas sûre de te suivre.

Sans doute avait-elle reçu un mauvais coup sur la tête ! Les paroles de Max lui paraissaient irréelles.

— J'ai besoin de toi, Carla.

Il déposa un baiser sur son nez et sur chacune de ses paupières. Puis il inspira profondément et lui sourit.

— Ce n'est pas compliqué. Je t'aime, c'est tout.

— Tu m'aimes, répéta-t-elle naïvement. Mais tu ne me l'avais jamais dit !

— C'est que, hier encore, je ne le savais pas.

Il marqua une pause et choisit soigneusement ses mots.

— J'ai tant de choses à te dire, Carla, que je ne sais pas par où commencer. Déjà, je voudrais m'excuser pour la manière dont je t'ai malmenée quand tu étais plus jeune. Je n'avais jamais rencontré de fille comme toi. Tu me déroutais et je prenais tes moindres faits et gestes pour des marques de défi. Je ne savais pas comment me comporter avec toi. Je ne le sais toujours pas, d'ailleurs. Mais j'ai compris que je ne pouvais pas vivre sans toi.

Carla se remémora son adolescence et l'antagonisme qui avait régné entre eux. Comme elle eut aimé alors qu'il lui portât l'affection qu'il manifestait pour sa sœur !

— J'étais jalouse de ta relation avec Katherine, murmura-t-elle. Tu l'aimais tant.

Il éclata de rire.

— J'essayais de lui apporter l'amour que nos parents ne pouvaient plus lui donner, mais je m'y prenais bien mal. Si mal, d'ailleurs, qu'elle ne me supportait plus.

— Elle t'adorait, Max, et ne parlait que de toi à longueur de journée.

— A quinze ans, elle m'a tout bonnement supplié de consacrer plus de temps à mon travail et de la laisser tranquille. J'ai tellement souffert de son hostilité que, le jour où mes fils ont débarqué dans ma vie, je me suis promis de garder mes distances. Pour rien au monde, je ne voulais revivre avec eux l'échec que j'avais essuyé avec ma sœur. Et puis, le temps a passé et ma méfiance s'est envolée. C'est grâce à toi, j'en suis persuadé, aujourd'hui.

Il prit ses deux mains entre les siennes et les porta amoureusement à ses lèvres.

— Je t'aime, Carla. Je veux t'épouser et fonder une famille avec toi.

A ces mots, elle eut l'impression de recevoir un coup

209

de poignard et détourna douloureusement le regard. L'amour de Max était sincère, elle ne pouvait plus en douter, mais jamais elle ne pourrait lui apporter ce qu'il semblait attendre d'elle.

— C'est impossible, Max. Tu le regretterais.

— Comment cela, impossible ? Tu es belle, intelligente et tu seras pour tes enfants la meilleure des mamans.

La mort dans l'âme, elle se résolut à lui dévoiler le lourd secret qui pesait sur son cœur.

— Je ne pourrai jamais être mère, Max. Je ne pourrai jamais te donner des enfants. Je suis stérile.

— Que veux-tu dire ? Comment est-ce possible ?

Son choc était palpable. Il la serra si fort entre ses bras qu'elle éprouva de la peine à respirer. Lentement, elle se dégagea de son étreinte et le regarda droit dans les yeux.

— Mon corps ne s'est pas développé comme celui des autres femmes. Mes ovaires ne fonctionnent pas.

— Je... je le regrette.

Elle approuva tristement.

— Oui, je comprends, fit-elle se recroquevillant contre son oreiller. Cela change tout.

210

Le visage grave, Max l'attira de nouveau contre lui.

— Carla, ne te méprends pas sur mes sentiments ! Je suis désolé pour toi. Désolé de tout mon cœur. Mais je tiens toujours et par-dessus tout à t'épouser. Je veux que tu deviennes ma femme et la mère de Jake et de Josh.

L'émotion fut si forte qu'elle en perdit jusqu'à sa voix et des larmes enfouies au plus profond de son être inondèrent silencieusement ses joues.

— Dans quelque temps, nous pourrons adopter un bébé, si tu le désires, bien sûr. Tout ce qui compte pour moi, c'est de t'avoir à mes côtés jusqu'à la fin de mes jours.

Il passa un doigt sous son menton et l'obligea à le regarder.

— Je ne peux pas vivre sans toi. Dis-moi que tu acceptes de m'épouser !

— Oh oui, j'accepte !

Ses rires se mêlèrent à ses pleurs et elle se blottit amoureusement contre lui. Après tant d'années de souffrance et de solitude, Carla pouvait enfin aspirer à un bonheur dont elle s'était crue à jamais privée.

Épilogue

En cette fin d'été, le soleil dardait encore ses rayons généreux sur la campagne. Regroupés devant le portail de Mountain Gem, Carla, Max et les jumeaux attendaient l'arrivée du car de ramassage. Le premier départ des enfants pour l'école élémentaire constituait pour tous un événement capital.

— Le voilà, le voilà ! s'exclamèrent en chœur les deux bambins.

Le véhicule venait d'apparaître au sommet de la côte. Tandis que Jake et Josh sautillaient de joie et d'impatience, une soudaine gravité assombrit les traits de leur père.

— Ne t'inquiète pas ! murmura gentiment Carla à son oreille. Ils seront très heureux à la grande école.

Il approuva d'un signe de tête et s'efforça de paraître plus détendu.

— Oui, je sais. Mais c'est si dur de les laisser partir !

Ces derniers mois, Max avait consacré le plus clair de son temps à ses fils. La maison allait lui paraître bien vide.

Le chauffeur les salua d'un coup de Klaxon amical et la portière avant s'ouvrit à quelques mètres d'eux. Quand elle vit les garçons monter fièrement à bord de l'autobus, Carla sentit sa gorge se nouer. Tout comme son compagnon, elle dissimula son émotion sous un large sourire et agita la main en signe d'au revoir. Quand le véhicule s'éloigna, Max l'enlaça tendrement. Elle blottit d'abord son visage contre sa poitrine, puis se redressa avec orgueil.

— Je n'ai pas besoin d'être consolée, tu sais. Je suis tout à fait capable de surmonter cette séparation.

Max rit de bon cœur.

— Et si c'était moi qui avais le plus besoin de réconfort ?

Elle lui offrit ses lèvres dans un baiser infiniment doux, plein d'amour et de gratitude. Depuis quelques mois, Carla vivait une existence paisible auprès d'un mari aimant et de deux petits garçons qui la considéraient comme leur véritable mère. Elle avait attendu leur départ pour révéler à Max la nouvelle inespérée qui faisait d'elle la plus heureuse des femmes.

— Tu ne m'as rien dit de ton dernier rendez-vous chez le spécialiste, fit-il soudain, comme s'il lisait dans ses pensées.

Il passa un bras sur sa hanche et l'entraîna en direction de la maison. Peu après leur mariage, il l'avait encouragée à consulter un spécialiste de renom. Après une longue série d'examens, le médecin avait insisté pour la revoir régulièrement. Selon lui, tout espoir de maternité n'était pas perdu. Pour ne pas décevoir Max, Carla avait honoré chacun de ses rendez-vous. Sans beaucoup de conviction. L'existence qu'elle menait à Mountain Gem auprès de Max et de ses fils suffisait à son bonheur et le diagnostic du spécialiste la laissait plutôt sceptique.

— Eh bien, répondit-elle, les yeux pétillant de malice, il a commencé à me parler de fécondation *in vitro*.

L'hypothèse ayant longtemps été écartée, Max accueillit la nouvelle avec une certaine méfiance.

— Tu es sûre ?

Elle décida de le taquiner un peu plus.

— Certaine. Mais… comment dire ? Cette possibilité n'est déjà plus d'actualité.

— Ah ?

Il lui sourit pour ne pas lui faire de la peine, mais sa déception était visible.

214

— C'est sans importance, n'est-ce pas ? Nous en avons parlé des dizaines de fois. Nous pouvons très bien adopter un enfant, si nous le souhaitons…

Il s'interrompit, face à l'expression mystérieuse de Carla.

— Tu ne serais pas en train de te moquer de moi, par hasard ?

— C'est que… eh bien, comme je te le disais, la fécondation *in vitro* n'est plus d'actualité. Car vois-tu, nous avons déjà fait tout le nécessaire.

Il secoua la tête avec lassitude.

— Cette fois, je ne comprends plus rien. Tu veux dire qu'après tous ces examens, tu as maintenant la certitude de ne jamais pouvoir porter un enfant ?

— Non, ce n'est pas ce que je veux dire. La vérité, c'est que je suis enceinte, Max. De douze semaines.

Elle prit sa main et la posa doucement sur son ventre pour l'aider à mieux saisir l'incroyable nouvelle.

— Je porte un bébé, Max. Tu le sens ?

— Mais je… je croyais…

Il se tut et chercha son regard, les yeux pleins d'espoir.

— Tu es sûre ? Il a fait tous les tests ? Tu vas bien ? Et le bébé va bien ?

— Je suis sûre, répondit-elle. Il a fait tous les tests. Je me porte à merveille et le bébé aussi.

Un immense cri de joie jaillit soudain de sa gorge. Il la souleva de terre et la fit doucement tourner autour de lui. Quand il la reposa, leurs deux visages ruisselaient de larmes.

— Tu désires ce bébé, Carla ? Je n'ai jamais osé te le demander tant je croyais ce souhait irréalisable.

— Je le désire plus que tout, Max. Parce que je t'aime et parce que ce bébé est un don du ciel. Une chance pour nous deux de vivre pleinement la joie d'être parents.

— Oh, Carla, je t'aime tant !

Sa voix tremblait d'émotion.

— Je t'aime aussi, Max.

Et de cela aussi, elle était absolument certaine.

LA FAMILLE IDÉALE, de Patricia Thayer • n°2115

Quand elle fait la connaissance, sur le tournage d'un film, de Reece McKellen, Emily Hunter est bouleversée : en effet, elle est séduite dès le premier regard par ce cascadeur aussi troublant qu'énigmatique. Et elle sent son cœur fondre de tendresse pour la petite Sophie, la nièce de quatre ans de Reece, que celui-ci a recueillie depuis peu. Pourtant, Reece semble se méfier d'elle, et surtout de ses propres sentiments...

LE BÉBÉ DU HASARD, de Donna Clayton • n°2116

Directrice d'une agence de baby-sitting, Sophie Stanton décide de prendre les choses en main quand un certain Michael Taylor remercie successivement trois des personnes qu'elle avait recrutées pour lui, et menace de ternir la réputation de son établissement. Résolue à satisfaire ce client exigeant, elle lui propose d'aller s'occuper elle-même de la petite Hailey, le bébé d'un mois de Michael...

AU JEU DE L'AMOUR, de Jackie Braun • n°2117

Le jour où elle apprend que Luke Banning, son amour de jeunesse, est de retour à Trillium, où ils ont tous deux grandi, Ali Conlan ne sait comment réagir. Persuadée toutefois qu'elle n'est plus amoureuse de lui, elle accepte de le revoir... Pour s'apercevoir très vite que Luke n'a rien perdu de son pouvoir de séduction...

RÊVES DE BONHEUR, de Roxann Delaney • n°2118

Journaliste pour un magazine de voyages, Meg Chastain a décidé d'enquêter sur le Triple B, un nouvel hôtel qui vient d'ouvrir au Texas, de manière anonyme. Pourtant, quand elle fait la connaissance de Trey Brannigan, le propriétaire des lieux, elle comprend que sa mission s'avérera plus difficile que prévu. En effet, elle ne sait si elle pourra résister bien longtemps au charme de Trey...

Attention, numérotation des livres pour le Canada différente : n°843 au n°846.

69 L'ASTROLOGIE EN DIRECT
TOUT AU LONG
DE L'ANNÉE.

(France métropolitaine uniquement)
Par téléphone 08.92.68.41.01
0.34 € la minute (Serveur JET MULTIMÉDIA).

Composé et édité par les
*éditions*Harlequin
Achevé d'imprimer en avril 2007

BUSSIÈRE

GROUPE CPI

à Saint-Amand-Montrond (Cher)
Dépôt légal : mai 2007
N° d'imprimeur : 70455 — N° d'éditeur : 12804

Imprimé en France